gross.druck

K · G · Saur

Herbst 05

Bücher in größerer Schrift

Nagib Machfus

Ehrenwerter Herr

Aus dem Arabischen
von Doris Kilias

gross.druck
K · G · Saur

Bibliografische Information Der Deutschen Bibliothek
Die Deutsche Bibliothek verzeichnet diese Publikation
in der Deutschen Nationalbibliografie;
detaillierte bibliografische Daten sind im Internet
über http://dnb.ddb.de abrufbar.

Lizenzausgabe mit freundlicher Genehmigung des Unionsverlags, Zürich
Titel der Originalausgabe: »Hadrat al-Muhtaram«

Umschlaggestaltung: Werkstatt München / Weiss · Zembsch

Gesamtherstellung: Bookwise, München
Printed in Slovakia

ISBN 3-598-80070-3

1

Die Tür ging auf. Ein Raum, schier unendlich in seiner Weite, breitete sich vor ihm aus. Eine Welt, hehr und erregend, erstrahlte in hellem Glanz, bot den Banalitäten des Seins keinerlei Platz. Wer diese Welt betrat, so sein fester Glaube, wurde von ihr verschlungen und verzehrt. Auf einen Schlag stand sein ganzes Sein in Flammen, versank er überwältigt in magische Verzückung. Als erstes schwand die Fähigkeit, sich zu konzentrieren. Er vergaß den vordem übermächtigen Wunsch, sich alles genau anzusehen – Boden, Wände, Decke und: den Gott, der hinter dem prächtigen Schreibtisch thronte. Ein elektrischer Schlag traf ihn, eine schöpferische Offenbarung, die tief im Herzen das wahnsinnige Gelüst keimen ließ, den Gipfel von Macht und Glorie zu erklimmen und die wahre Herrlichkeit des Lebens zu genießen. Der Ruf himmlischer Macht befahl ihm, sich anbetend niederzuwerfen und als Opfer darzubringen. Doch wie alle anderen verharrte er auf der Stelle, zeigte Demut und Bescheidenheit. Hier war er das Kind, und reichlicher Tränen würde es noch bedürfen, bis es an ihm war, seinen Willen zu diktieren. Einem unbezwinglichen Wunsch folgend, huschte sein Blick hinüber zum Gott hinter dem Schreibtisch. Aber schon im nächsten Moment senkte er hastig und mit aller ihm zur Verfügung stehenden Ergebenheit die Augen.

Hamza as-Suwaifi, seines Zeichens Verwaltungsdirektor, führte die kleine Schar der Prozessionsteilnehmer an. Ihm kam es zu, das Wort an den Herrn Ministerialdirektor zu richten. »Die neuen Beamten, Exzellenz.«

Dessen Blick glitt über die Gesichter, und vom Glanz der Augen fiel auch für Osman etwas ab. Ihm schoß der Gedanke durch den Kopf, daß er wahrhaftig die historische Arena der Regierung betreten hatte und ihm die Gnade zuteil wurde, an einer Audienz bei Exzellenz teilzuhaben. Er glaubte, ein seltsames Geräusch, etwas wie Gemurmel zu vernehmen; vielleicht hörte nur er es, vielleicht war es das Schicksal selbst, das da sprach. Als die bedächtige Kontrolle zu Ende ging, hob Exzellenz zu reden an, mit einer Stimme, die so langsam, ruhig, bedächtig klang, daß sie nichts von dem verriet, worauf es Exzellenz ankam. In Form einer Frage war zu hören: »Alle sind Abiturienten?«

»Zwei von ihnen«, so Hamza as-Suwaifi, »haben die Mittlere Reife der Handelsschule.«

Mit etwas aufmunterndem Klang sprach Exzellenz: »Die Welt macht Fortschritte, alles verändert sich. An die Stelle des Grundschulabschlusses ist das Abitur getreten.«

Die Herzen wurden ruhiger, doch jedwede aufkeimende Heiterkeit wurde hinter noch größerer Unterwürfigkeit verborgen.

»Kommen Sie der an Sie gestellten Erwartung mit Fleiß und Rechtschaffenheit nach«, war von Exzellenz zu vernehmen. Er begann, die Liste mit den Namen durchzusehen, und plötzlich fragte er: »Wer von Ihnen ist Osman Bajumi?«

Osmans Herz begann heftig zu schlagen. Daß Exzellenz seinen Namen aussprach, versetzte ihm im Innern einen heftigen Schlag. Mit gesenktem Kopf trat er einen Schritt vor und flüsterte: »Das bin ich, Exzellenz.«

»Ihre Abiturnoten sind ausgezeichnet. Warum haben Sie die Ausbildung nicht fortgesetzt?«

Er wußte nicht, was er erwidern sollte, obwohl ihm die Antwort durchaus bewußt war. Der Verwaltungsdirektor sprang ein. »Nun ja, die Umstände, Exzellenz ...«

Wieder hörte er das Gemurmel, die Stimme des Schicksals, und auf einmal überfiel ihn das Gefühl, daß ein Blau die Luft erfüllte und ein eigenartiger, angenehmer Duft im Raum schwebte. Es kümmerte ihn nicht, daß in seinem Fall auf »Umstände« verwiesen worden war. Einzig wichtig war, daß er die Weihe gütiger Aufmerksamkeit durch Exzellenz erfahren hatte. Das machte, daß ihn das Gefühl packte, sich im sicheren Glauben auf einen Sieg einem ganzen Heer stellen zu können. O ja, er wuchs über sich hinaus, reichte hinauf bis an die Wolken, getragen von einem wilden, übermütigen Rausch.

Da aber klopfte Exzellenz auf die Kante des Schreibtischs, eine Geste, die das Ende der Begegnung verkündete. »Danke, und auf Wiedersehen.«

Als er hinausging, rezitierte er im stillen den Thron-Vers.

2

O Herr, ich stehe in Flammen.

Das Feuer loderte, verzehrte seine Seele, fraß sich von tiefster Tiefe bis zu höchsten Höhen hinauf, wo sich Träume wiegten. Ein einziger, einer Offenbarung gleichkommender Blick, ein Bündel gleißenden Lichts, hatte genügt, ihn die Welt sehen zu lassen; nichts anderes erfüllte sein Herz, und wie im Wahnsinn hielt er daran fest. Immer hatte er Träume, Sehnsüchte, Wünsche gehegt, aber dieses Mal stand er in Flammen, und im Schein des heiligen Feuers offenbarte sich ihm die Bedeutung des Lebens.

Hienieden war ihm ein Platz im Archiv beschieden, doch es kümmerte ihn nicht, wo er den Anfang machte. Das Leben selbst begann mit einer winzigen Zelle, wenn nicht sogar mit weniger als dem. Schwebend und wie von Schwingen getragen, stieg er hinab ins neue Domizil und suchte im Keller seinen Weg. Dunkel war es hier, und es roch nach altem Papier. Durch ein vergittertes Fenster konnte er erkennen, daß sich der Erdboden in Höhe seines Kopfes befand. Ein hallenartiger Flur erstreckte sich vor ihm. Auf beiden Seiten standen Aktenschränke, in der Mitte war eine freie Fläche ausgespart. In den Buchten zwischen den Schränken standen Schreibtische.

Ein Beamter wies ihm den Weg. An der Stirnseite der Halle war die Wand wie eine Gebetsnische ausgehöhlt, und dort stand ein Schreibtisch, an dem der Leiter des Archivs saß.

Noch immer schwebte Osman in geheiligten Sphären; der Abstieg ins Kellergewölbe änderte nichts daran. Erregt, aufgelöst, verwirrt folgte er dem Beamten. Es ist Unsterblichkeit, nach der der Mensch strebt, sagte er sich.

Mit den Worten: »Herr Osman Bajumi, der neue Mitarbeiter«, stellte ihn der Beamte vor, bevor er sich an ihn wandte und sagte: »Das ist unser Leiter, Herr Safan Basjuni.«

Das Gesicht trug vertraute Züge, ganz so, als stammte der Mann ursprünglich aus seinem Viertel. Osman gefielen die hohen Wangenknochen, die dunkle, gestraffte Haut, das weiße, zerzauste Haar. Aber weit mehr noch mochte er den gutherzigen, freundlichen Blick, der sich vergeblich darum mühte, die Würde eines Vorgesetzten auszustrahlen. Als der Mann lächelte, kam das Abstoßende zum Vorschein: schwarze, durch Lücken getrennt stehende Zähne.

»Ah, der neue Mitarbeiter, setzen Sie sich.« Er begann, in den Einstellungspapieren zu blättern. »Ja, herzlich willkommen. Das Leben läßt sich mit zwei Wörtern zusammenfassen – Ankunft und Abschied.«

Trotzdem ist nichts endgültig, dachte Osman im stillen. Mehr noch, ein leichter, unbekannter Hauch strich an ihm vorbei, der alle nur möglichen Wahrscheinlichkeiten ahnen ließ. O ja, sagte er sich, nichts ist endgültig, aber es bedarf eines nimmermüden Willens.

Der Vorgesetzte wies auf einen abgenutzten, verblichenen, mit bläßlichen Tintenflecken bespritzten Schreibtisch. »Das ist Ihr Platz. Sehen Sie sich den Stuhl genau an, sonst zerreißt Ihnen ein erbärmlicher Nagel noch den neuen Anzug.«

»Gott sei Dank ist mein Anzug sehr alt.«

Unbeirrt setzte der Mann seine Warnungen fort. »Sprechen Sie, bevor Sie einen Schrank öffnen, die Samadija, denn letztes Jahr, vor dem Fest, kam uns aus einem der Schränke eine Schlange entgegen, die bestimmt einen Meter lang war.« Er lachte so herzlich, daß er husten mußte. »Aber sie war nicht giftig.«

»Wie kann man das wissen?« fragte Osman beunruhigt.

»Fragen Sie den Bürodiener. Er kommt aus Abu Rawwasch, dem Schlangendorf.«

Osman hörte nicht länger hin, tat den Mann als Witzbold ab. Statt dessen machte er sich die heftigsten Vorwürfe, sich weder den Raum des Herrn Ministerialdirektors noch dessen Mimik und Gestik gründlich angesehen zu haben. Wie konnte es sein, daß er nicht versucht hatte, hinter das Geheimnis jenes Zaubers zu kommen, mit dem sich Exzellenz jeden und alles gefügig machte? Ein Zeichen von ihm, und die Welt gehorchte. Das war die Macht, die es wert war, angebetet zu werden, und das war es, was Schönheit ausmachte. Darin lag eins der vielen Geheimnisse, die das Sein barg, und wer Augen hatte und Verstand, dem bot die Welt göttliche Geheimnisse in Hülle und Fülle. Gewiß, die Zeit zwischen Ankunft und Abschied war kurz, aber sie war auch unendlich, und wehe dem, der diese Wahrheit übersah. Es gab genügend Leute, die nie in Bewegung gerieten; gutmütige, erbärmliche Tölpel von der Art eines

Safan Basjuni, der Lebensweisheiten von sich gab, ohne daraus etwas zu lernen. O ja, sein eigener Vater, Amm Bajumi, hatte auch zu diesen Typen gehört. Doch wem das heilige Feuer im Herzen brannte, der war von anderer Art. Der Weg war klar: Das Glück begann mit der achten Beamtenstufe, und am Ende stand der Glanz, in dem sich Seine Exzellenz der Ministerialdirektor sonnte. Das war das Ideal, wonach des Volkes Söhne strebten, ein anderes Ziel gab es nicht. So sah der siebente Himmel aus, wo sich göttliche Gnade und menschliche Größe vereinten. Die achte Stufe, die siebente, die sechste, die fünfte, die vierte, die dritte, die zweite, die erste ... und dann – Ministerialdirektor. Zweiunddreißig Jahre, vielleicht auch etwas länger, und das Wunder würde Wirklichkeit werden. Sicher, Leute, die auf halbem Weg auf der Strecke blieben, ließen sich immer finden. Astronomische Gesetze waren auf Menschen, gar auf Beamte, nicht anzuwenden. Mochte ihm die Zeit gefügig sein wie ein sanftes Kind, das Morgen verriet sie ihm nicht. Nur eins war gewiß: Er stand in Flammen, und das Feuer, das in der Brust loderte, schien den Sternen ihren Glanz zu verleihen. O ja, wir alle sind lebende Geheimnisse, und nur der, der uns erschaffen hat, weiß, was im Verborgenen schlummert.

»Beschäftigen Sie sich zuerst mit den Eingängen, das ist einfacher«, erklärte Herr Safan Basjuni. Er lachte und fuhr fort: »Als Archivar zieht man am besten das Jackett aus oder Ärmelschoner über. Das schützt vor Staub und Büroklammern.«

Nichts leichter als das. Das einzig Schwere würde sein, mit der Zeit umzugehen.

3

In seinem Zuhause angekommen, es bestand aus Zimmer und notwendigem Nebengelaß, sah er sich auf seine Körperlichkeit reduziert: die fleischliche Hülle des Strebens nach dem Sinn des Lebens. Doch auch hier waren ihm ein waches Empfinden und ein geschärftes Bewußtsein eigen, galt es doch, sich jeder nur möglichen Waffe zu bemächtigen. Vom kleinen Fenster schaute er hinunter auf seine Heimat – das Hussain-Viertel, vertraut in einem Maße, daß er es als natürlichen Fortsatz des eigenen Geistes und Körpers empfand. Bis auf eine scharfe Biegung zog sich die Gasse in die Länge. Die Gegend war dafür bekannt, daß hier die Karren pausierten und die Esel getränkt wurden. Das Haus, in dem er geboren und aufgewachsen war, hatte man niedergerissen und statt dessen einen kleinen Schuppen gebaut, in dem Handkarren abgestellt wurden. Nur wenige der hier Geborenen verließen das Viertel für immer, es sei denn, sie gingen ins Grab. Die Leute arbeiteten an verschiedenen Orten, in Mabjada, Darrasa, Sikkat al-Gadida oder gar noch weiter weg. Aber ging der Tag zu Ende, kehrten alle wieder zurück. Zu den Eigenheiten des Viertels gehörte, daß es weder Flüstern noch gedämpftes Reden kannte. Hier ging es unter kräftigem Lärm hoch her, schwankte die Spannung zwischen Weisheit und Banalität. Eine Stimme war ihm besonders vertraut. Laut und grob schallte sie durchs Viertel, und selbst das Alter konnte ihr nichts anhaben. Es war die von Umm Husni, der Hausbesitzerin.

Von der Ewigkeit zu träumen, über sie nachzusinnen, war kein einfach Ding – es war zermürbend. Was für ein Mensch war er gestern gewesen, was machte das Heute aus ihm? Einem wie ihm ziemte es nicht, das Unmögliche zu kennen; einer wie er durfte sich nicht planlos in den Strom des Lebens stürzen. Ein kluger, peinlich genauer Kurs mußte her. Seltsam, wie oft er nachts träumte zu urinieren, aber immer wachte er gerade noch rechtzeitig auf. Hatte das etwas zu bedeuten?

Umm Husni hatte mit seiner Mutter zusammengearbeitet und war ihre jahrelange Freundin und Vertraute gewesen. Beide Frauen hatten Kutscher geheiratet. Mit der Geduld und Emsigkeit von Ameisen waren sie jedem Piaster hinterhergejagt, um die Männer zu unterstützen und das Nest in Ordnung zu halten. Sie hatten Trödel verkauft, sich als Brautwerberinnen betätigt, andere Frauen frisiert und so weiter und so weiter. Bis zu ihrem Tod war die Mutter arbeiten gegangen. Umm Husni plagte sich noch immer ab. Sie hatte mehr Glück gehabt als die Mutter, hatte besser verdient und vom Ersparten ein Haus gebaut: Im Erdgeschoß gab es eine Holzhandlung, darüber zwei Wohnungen; in der einen wohnte sie, in der anderen er, Osman. Von ihrem Sohn Husni war ihr nur der Name geblieben, denn Krieg und Elend hatten ihn in ein fernes Land getrieben.

Hatte er nicht das Recht zu träumen? O ja, dank der heiligen Flamme, die in der Brust loderte, stand es ihm an. Auch das kleine Zimmer war Grund zu träumen. Er war ans Träumen genauso gewöhnt wie an Bett, Sofa, Truhe, Matte ... wie an die manchmal grellen, manchmal melodiösen Töne, die aus seiner Kehle drangen und von den dicken, dunklen Wänden als Echo widerhallten.

Was hatte ihm das Gestern gebracht? Sein Vater wollte einen Kutscher aus ihm machen, aber der Scheich der Koranschule sagte: »Amm Bajumi, vertrau auf Gott und schick den Jungen zur Schule.«

»Wieso?« fragte der Vater erstaunt. »Kann er noch nicht genug vom Koran, um das Gebet zu verrichten?«

»Der Junge ist klug, hat Verstand. Könnte sein, daß er eines Tages Beamter wird.« Amm Bajumi lachte schallend los, aber der Scheich fuhr unbeirrt fort: »Versuch's bei einer Stiftungsschule, vielleicht nehmen sie ihn, und du mußt nichts bezahlen.«

Amm Bajumi war eine Weile unschlüssig, aber dann nahm das Wunder seinen Lauf. Osman brachte verblüffende Erfolge nach Hause und erreichte den Grundschulabschluß. Er hatte alle seine barfüßigen Altersgefährten im Viertel übertroffen, und zum ersten Mal spürten seine geschärften Sinne, daß das heftig pochende Herz heilige Funken sprühte. Er war überzeugt, daß Gottes Segen auf ihm lag und die Tore zur Unsterblichkeit offenstanden. Er bekam einen kostenlosen Platz auf der Oberschule, und auch dort war er in einem Maß erfolgreich, daß es im Hussain-Viertel niemand glauben wollte. Als er das zweite Jahr die Oberschule besuchte, erkrankte Amm Bajumi und lag auf den Tod darnieder. Er bereute, was er dem Sohn angetan hatte, und klagte: »Als mittellosen Schüler lasse ich dich zurück. Wer wird jetzt den Karren kutschieren, wer wird die Familie unterhalten?«

Bekümmert gab der Vater den Geist auf. Von nun an mühte sich die Mutter doppelt ab, hoffte sie doch, daß Gott aus ihrem Sohn einen der ganz Großen machte. Vermochte Gott nicht alles und jedes? Wäre nicht völlig unerwartet der Tod der Mutter eingetreten, hätte Osman die Ausbildung mit einem Hochschuldiplom abgeschlossen. Groß war sein Kummer, und vor lauter Schmerz verbiß er sich noch stärker in den Vorsatz, es an Ehrgeiz und hehren Träumen nicht fehlen zu lassen. Zu den ihm heiligen Dingen gehörte auch das Gedenken der Eltern. Kein Festtag verstrich, ohne daß er ihr Grab besucht hätte. Es war eins der vielen anderen, die, bezahlt von der Armensteuer, verloren unter freiem Himmel lagen. Einsam und allein stand Osman im Leben – ein Ast, abgehackt vom nährenden Baum. Sein ältester Bruder, ein Polizist, war bei einer Demonstration getötet worden. Die Schwester war im Krankenhaus an Typhus gestorben und der andere Bruder im Gefängnis. Wann immer er der Familie gedachte, fühlte er Schmerz und beklagte den Verlust. Die vielen betrüblichen Ereignisse erachtete er als Teil eines erhabenen Dramas, dem er ebenso ehrfurchtsvoll wie furchtsam beiwohnte. Im Viertel galt das Schicksal, war es von miteinander ringenden, unbekannten Kräften erst einmal beschlossen, für ewige Zeiten als heilig. Deshalb baute er letztendlich, trotz des grenzenlosen Glaubens an sich selbst, auf Gott den Allmächtigen. Deshalb vernachlässigte er keine der religiösen Pflichten, schon gar nicht das Freitagsgebet in der Hussain-Moschee. Wie alle Leute seines Viertels machte auch er im Glauben keinen Unterschied zwischen Religion und Welt, denn die Religion gehörte der Welt und die Welt der Religion. Ein funkelndes Juwel wie die Stellung des Ministerialdirektors bedeutete lediglich eine geheiligte Station auf dem göttlichen, nimmer endenden Weg. Da er schon in der Schulzeit ein heller Kopf war und sich mit wachem Verstand bewegte, hatte er alles, was ihm wichtig erschien, gierig aufgenommen. Danach entwarf er dann einen genauen Plan für die Zukunft, und den Extrakt brachte er zu Papier. Jeden Morgen, bevor er das Haus verließ, prägte er sich das Programm Punkt für Punkt ein:

Arbeits- und Lebensplan

1. Zuverlässige und korrekte Pflichterfüllung.
2. Analyse der finanziellen Lage, als handelte es sich um ein heiliges Buch.
3. Erwerb des Diploms per Fernstudium.

4. Neben Pflege der arabischen Sprache Erlernen von zwei Fremdsprachen, Englisch und Französisch.
5. Erwerb allgemeiner Kulturkenntnisse, insbesondere solcher, die einem Beamten nützlich sind.
6. Auf jede nur mögliche Weise sich als fromm, moralisch und fleißig präsentieren.
7. Beharrlich daran wirken, das Vertrauen der Vorgesetzten und ihrer Günstlinge zu gewinnen.
8. Ausnützen günstiger Gelegenheiten unter Wahrung des persönlichen Ansehens, wie zum Beispiel: höfliche, angemessene Hilfe für Leute in wichtigen Positionen, Erwerb nützlicher Freundschaften, Schließen einer günstigen Ehe, die dem Vorankommen dient.

Es geschah nicht gerade selten, daß er in einen kleinen Spiegel blickte, der an einem Nagel zwischen dem Fenster und der Kleiderhakenleiste hing. Es ging darum, sich seines Aussehens und des Eindrucks seiner Person zu vergewissern. Was sein Äußeres betraf, würde es ihm keinesfalls hinderlich sein. Immerhin hatte er die fürs Viertel typische kräftige Statur, und das längliche, braune Gesicht wurde von einer hohen, glatten Stirn und ordentlich geschnittenem Haar gekrönt. Alles in allem bot sein Äußeres das, was man zum Ausfüllen jedweder gehobenen, wichtigen Stellung brauchte.

Mit den Worten: »Der Anfang ist gemacht, der Weg liegt vor dir«, sprach er sich Mut und Stärke zu.

4

Auch die Stunde des Stelldicheins gehörte zu den heiligen Dingen des Lebens. Sie trafen sich dort, wo die Einöde begann. Er eilte verliebten Herzens hin, erfüllt von einer Heiterkeit, die von der Freude kündete, der üblichen Last der Tage entronnen zu sein. In Sichtweite der Wüste, dort, wo der alte, verlassene Brunnen stand, setzten sie sich Seite an Seite auf die unterste Stufe und genossen den nicht enden wollenden Sonnenuntergang. Bis zum Fuß des Bergs erstreckte sich die Wüste, und die Stille jubilierte in ihrer unbekannten Sprache.

Das dunkle Braun von Sajjidas Haut glich der Farbe der auf der Lauer liegenden Nacht. Es war ein Braun, das ihr von der ägyptischen Mutter, mehr noch vom nubischen Vater vererbt worden war; schon mit sechs Jahren war Sajjida Halbwaise gewesen. Aufgewachsen im gleichen Viertel, schien die erste Begegnung des jungen Paars bis an den Ursprung allen Lebens heranzureichen. Schaute er in ihre großen, runden Augen oder betrachtete er ihren kleinen, festen Körper, der vor Lebensfreude überschäumte, dann bot sie ein so aufregendes Bild, daß all seine Instinkte erwachten und flehten. Mit ihr hatte er als Kind auf der Straße und dem Dach gespielt, mit ihr war er zur Koranschule gegangen. Obwohl sie erst sechzehn Jahre alt war, galt sie als tüchtige Hausfrau. Seit ihre sieben Schwestern geheiratet hatten, ging sie der Mutter fleißig zur Hand.

Sajjida lächelte. Wie auch nicht? Ihr Gesicht war immer heiter, immer strahlten die Augen, immer bewegte sie sich mit anmutiger Kraft. Die Strähnen des dicken, krausen Haars tanzten im Hauch der leichten Brise, die vom Berg herüberwehte.

Plötzlich durchbrach ihre Stimme die süße Stille. »Meine Mutter freut sich sehr, daß du jetzt bei der Regierung bist.«

»Du etwa nicht?« neckte er sie.

Sie lächelte, gab aber keine Antwort. Da legte er den Arm um sie, und beider Lippenpaare begegneten sich, schmal die einen, üppig und voll die anderen. Das Wort Liebe kam in ihren Gesprächen nicht vor, aber wann immer sie allein waren, drückten sie das Gefühl füreinander durch Umarmungen und Küsse aus. Unkompliziert und heiter wie Sajjida war, stillte sie jenen Hunger seiner Seele, der nach Leben gierte. Aber er liebte sie auch mit dem Verstand, schätzte er doch ihre Tugendhaftigkeit und Aufrichtigkeit. Instinktiv fühlte er, daß sie ihn glücklich machen konnte.

»Du bist Beamter geworden ...«

Er hörte den Stolz heraus und küßte sie zum zweiten Mal.

»So viel Glück hatte noch keiner im Viertel.«

Seine Altersgefährten arbeiteten in den unterschiedlichsten Handwerksberufen. Wenn er an ihnen vorbeiging, starrten sie ihn bewundernd und manchmal auch neidisch an, Grund genug, sich zu freuen, wenn da nicht gleichzeitig das bittere Gefühl gewesen wäre, daß ein langer Weg vor ihm lag und er viel Hartnäckigkeit aufbringen mußte.

»Du bist der einzige, der einen Anzug trägt.«

»Außerhalb des Viertels bedeutet das nichts«, erwiderte er gelassen.

»Was draußen gilt, ist nicht wichtig, aber bei uns im Viertel, wo alle nur Kutscher sind ...«

Da küßte er sie zum dritten Mal. Dennoch mahnte er: »Sprich nicht abfällig von den Kutschern.«

»Recht hast du, du bist eben anständig.«

Sajjidas Vater war bei der gleichen Demonstration verhaftet worden wie sein Bruder. Er war ins Gefängnis gekommen und dort gestorben. Solche Vorfälle gereichten dem Viertel zur Ehre und machten seinen guten Ruf aus.

»Und was passiert nun?«

Sajjidas Frage zeigte, daß ihre Gedanken einzig und allein um einen Punkt kreisten. Es nutzte nichts, sich ahnungslos zu stellen. Schon längst hatte er begriffen, daß sie sich nach nichts mehr sehnte, als den entscheidenden Satz zu hören, der sie zutiefst glücklich machen würde. Ebenso gut wußte er, daß sein Glück nicht geringer als ihres wäre, wenn nicht sogar größer. Er liebte dieses Mädchen in gleichem Maß wie sie ihn und wollte sie nie mehr missen. Aber er hatte Angst. Er brauchte Zeit zum Überlegen. Der bittere Arbeits- und Lebensplan durfte nicht aus den Augen verloren werden, und er hatte den langen Werdegang zu bedenken, mit dem ihn das Leben lockte, aber auch herausforderte. »Was genau meinst du, Sajjida?«

»Ach, nichts Besonderes«, erwiderte sie, und so leichthin es auch gesagt war, schwang eine Spur Eigensinn darin mit.

»Wir dürfen ja nicht vergessen, wie jung wir noch sind.«

»Wer? Ich etwa?« So sanft ihr Protest auch klang, war er doch ein koketter Hinweis darauf, daß sie, im Bewußtsein ihrer Reife, mit all ihrer Weiblichkeit nach ihm rief.

»Ich habe natürlich mich gemeint«, spaßte er.

»Laß dir einen Schnurrbart wachsen, der fehlt noch.«

Er empfand diese Bemerkung nicht als Scherz, sondern nahm sie ernst. Ein Schnurrbart würde ihm tatsächlich in seinem Kampf nützen. Wer konnte sich schon einen hohen Beamten ohne Schnurrbart vorstellen?

»Ich will meine Ausbildung zu Ende bringen, Sajjida.«

»Brauchst du noch mehr?«

»Das Diplom.«

»Wieso?«

»Es dient der Beförderung.«

»Dauert das lange?«

»Mindestens vier Jahre.« Er fühlte sich schmerzlich berührt, als er in ihren Augen Enttäuschung las, auch ein wenig verlegene Wut.

»Wozu ist es notwendig, daß du befördert wirst?«

Er lachte, drückte ihr einen Kuß aufs Haar; zu mehr hatte er nicht mehr den Mut. Der Duft ihrer Haare erinnerte ihn an die Spiele in der Kindheit, daran, wie sie ihn in den Rücken geboxt hatte, als sie beim Braut-und-Bräutigam-Spiel zusammen gefangen worden waren. Über dem

Berg brach die Dunkelheit herein, begleitet von Gesang, der aus einem Plattenspieler herüberscholl.

»Hm, die Beförderung ist wohl wichtiger, als ich dachte.«

Er nahm ihre Hand und murmelte: »Ich werde dich immer lieben.«

Das war die Wahrheit, aber im Maß, wie er ehrlich war, überfielen ihn auch Trauer und Schmerz und ein gut Teil Wut auf sich selbst. O ja, das Leben stellte eine großartige und erhabene Erfahrung dar, aber anstrengend war es auch.

5

Er stand am Grab der Eltern, das sich zwischen den vielen anderen verloren ausnahm. Leise sprach er die Fatiha und ließ ein »Gottes unendliche Barmherzigkeit sei mit euch« folgen. Als wollte er Dank sagen, flüsterte er: »Euer Osman macht als geachteter Beamter die ersten Schritte, und mag der Weg noch so mühselig sein, ist er entschlossen, bis zum Ende zu gehen.« Er verneigte sich ein wenig und sprach demutsvoll: »Was mir an Gutem zuteil wurde, verdanke ich Gottes Gnade und Eurer Huld.«

Ein blinder Junge kam näher und zitierte einige wenige Verse aus kurzen Suren. Er kam nicht umhin, ihm einen halben Piaster zu geben, und war das auch ein lächerlicher Betrag, ärgerte es ihn doch. Kaum war der Junge verschwunden, vertiefte er sich wieder ins Gespräch mit den Eltern. »Bei Gott gelobe ich, daß ich euch, so Gott meine Hoffnungen wahr werden läßt, in ein neues Grab überführe.«

Er wußte zwar nicht, was im Lauf der Zeit vom Leichnam der Eltern erhalten sein würde, vermutete aber, daß auf jeden Fall ein Rest zu finden sein werde. Plötzlich mußte er an Sajjida denken, was ihn erstaunte. Klar und deutlich hatte er ihr Gesicht vor Augen. Wie immer lächelte sie, aber sie schien drauf und dran zu sein, ihm eine heftige, bitterböse Bemerkung entgegenzuschleudern. Das Herz krampfte sich schmerzlich zusammen, und leise flüsterte er: »Herr, führe mich den rechten Weg, denn alles, was ich tue, geschieht durch deinen Willen.«

In Gedanken erlebte er noch einmal die letzten Tage seines Vaters. Die Erinnerung daran ließ sich nicht aufhalten. Von Krankheit und Alter gezeichnet, hatte es der Vater zuletzt gerade noch geschafft, auf einem Fell vor dem Haus zu sitzen. Er konnte kaum noch sehen und hören und stöhnte angesichts seiner Hinfälligkeit ein ums andere Mal: »O Gott, schenk mir deine Gnade und Barmherzigkeit.«

In seiner guten Zeit gehörte er zu den starken Männern des Viertels. Ein Leben lang verließ er sich auf die Kraft seiner Muskeln, hatte er unermüdlich gearbeitet und trotzdem die ganze Härte eines Lebens in Armut zu spüren bekommen. Er ging geradezu verschwenderisch mit seiner Kraft um, und trafen ihn Schicksalsschläge, brach er, ohne daß ein Sinn darin gelegen hätte, in brüllendes Gelächter aus. Eines Abends saß er dann tot auf seinem Fell, und niemand wußte, wie der Tod ihn heimgesucht und er ihn aufgenommen hatte. Aber verglichen damit, starb die Mutter auf noch verblüffendere Weise. Sie hatte Wäsche gewaschen, plötzlich krümmte sie sich zusammen und schrie vor Schmerz. Die Erste Hilfe brachte sie ins Kasr-al-Aini-Krankenhaus, man operierte sie am Blinddarm, und auf einmal war sie tot.

Seine ganze Familie war dem Tod zum Opfer gefallen, und das brachte ihn auf den Gedanken, daß er genau aus diesem Grund wahrscheinlich sehr lange leben würde. Ein heftiger Anfall von Trauer schüttelte ihn. Jeder Tod war, gemessen an dem seines Bruders, des Polizisten, noch normal zu nennen. Ein Mann wie ein Kamel, und wird von Aufrührern mit Steinen erschlagen. Was für ein Tod! Weder kannte der Bruder diese Leute, noch sie ihn. Einem solchen Vorfall stand er, Osman, staunend gegenüber; der Sinn des Ganzen blieb ihm verschlossen. Dabei hatte er über historische Zeitläufte eine Menge gelesen. Er kannte die Geschichte von der Frühzeit an bis hin zum Vorabend des Großen Krieges. Er wußte, daß es Revolutionen gab, nur hatte er keine miterlebt und war damit nie konfrontiert worden. Er hielt Augen und Ohren offen, blieb aber abseits stehen und wunderte sich. Es war ihm nicht gegeben, sich von einem Gefühl, das die Menge verband, hinreißen zu lassen und in die Arena zu stürmen. Er konnte immer wieder nur staunen, daß sich die Großen der Regierung gegenseitig Kämpfe lieferten. Sein Leben lang hatten ihn Armut und Hunger verfolgt, da war keine Zeit geblieben, um sich über das, was draußen geschah, den Kopf zu zerbrechen. Sein Blick ging über das Viertel nicht hinaus, jenes Viertel, in dem die Kette harter, grausamer Probleme, von denen keiner etwas wissen wollte, nie abriß. Daß das – gleichermaßen irdische wie himmlische – Ziel, das ihm, Osman, vor Augen stand, etwas mit den merkwürdigen Ereignissen zu tun haben sollte, die als Politik bezeichnet wurden, das konnte er sich beim besten Willen nicht vorstellen. Für ihn gab es nur ein Leben, jenes, das jeder persönlich führte, von dem jeder Herzschlag in jeder Sekunde bestimmt war, das einem Fleiß, Ergebenheit und Leistung abverlangte. Das Leben war Heil und Glaubenslehre zugleich, und dank des Dienstes im geheiligten Apparat, Regierung oder Staat genannt, würde es ihm möglich sein, sein eigen Sein zu bestimmen. So und nicht anders konnte der Mensch auf Erden Erhabenheit erlangen, nur auf diese Weise setzte er Gottes höchsten Willen in die Tat um. Wie viele jubelten anderen Dingen zu – Verrückte waren sie, die Gottes Auftrag verfälschten. Nie würde er es sich verzeihen, sich nicht am Zimmer des Ministerialdirektors sattgesehen und dessen einzigartige Persönlichkeit in sich aufgesogen zu haben. Was für ein Mann, der, sozusagen aus dem Hintergrund heraus, die komplette Maschinerie der Verwaltung in Bewegung hielt, und zwar mit solcher Präzision und Harmonie, daß ahnungslose, nicht eingeweihte Menschen sich an den Lauf der Gestirne und die Weisheit des Himmels erinnert fühlen konnten.

Er seufzte schwer. Dann sprach er nochmals die Fatiha und sagte zum Abschied: »Bete für mich, Vater.« Er ging um das eingefallene Grab mit den umgestürzten Steinen herum und ließ ein »Bete für mich, Mutter« folgen.

6

Wundersam, wie die Jahreszeiten einander folgen. Unentwegt arbeitete er vor sich hin und erlebte sie doch. Der Winter war hart, aber gut für die Arbeit; der Frühling mit seinem Chamasinwind war ein Fluch, der Sommer die Hölle, der Herbst ein geheimnisvolles, schmerzlich anrührendes Lächeln. Was auch immer geschah, er arbeitete mit eisernem Willen und feurigem Eifer. Unter dem Bett und auf dem Fensterbrett stapelten sich die Gesetzeswerke, des Nachts schlief er kaum. Die Gedanken ließen nicht ab von ihm, und er rang mit dem Unergründlichen. Erfolg allein reichte ihm nicht, um zufrieden zu sein.

Der Freitag war der Tag, an dem er sich vorzugsweise der Erweiterung seiner Allgemeinbildung widmete, den Kenntnissen also, die Direktoren und deren Mitarbeitern gemäß waren. Am meisten interessierte ihn die Lyrik, und nicht nur, daß er viele Gedichte auswendig kannte, er versuchte sich auch selbst im Dichten, scheiterte aber darin. Er sagte sich, daß Lyrik schon immer, früher wie heute, das beste Mittel war, um die Großen auf sich aufmerksam zu machen und auf offiziellen Feiern zu glänzen. Nicht selbst dichten zu können war ein schwerer Schlag, dennoch halfen die Versuche, sich in Prosa besser auszudrücken. Eine gute Rhetorik stand, was den Erfolg betraf, der Lyrik kaum nach. Ein eloquenter Stil war ebenso gefragt wie ausländische Sprachen. Alle diese Kenntnisse waren nützlich, und für ein jedes Wissen kam die Zeit, da sein Wert an der Börse der Bürokratie stieg. O nein, von Richtlinien allein lebte ein Beamter nicht, er mußte sich mit allem wappnen, was irgend nützlich sein konnte. Sein Leben sollte sein: ein unendlicher Strom, der zum Licht und zur Erkenntnis floß, gespeist mit immer neuen Einzigartigkeiten, sich verzweigend auf die unterschiedlichsten Gebiete des Wissens, vorangetrieben vom innigen Glauben und von wahrer menschlicher Größe, sich letztendlich ergießend in göttliche Gefilde.

Glücklicherweise kam sein Gemüt auf den Stufen des alten Brunnens ein wenig zur Ruhe, wenn er sich, gefangen von brennender Liebe, in die Arme seiner Schönen, an ihren jungfräulichen, heißen Busen flüchtete. Dort gab es nichts Mißliches, weder in Wort noch in Tat. O ja, von ganzem Herzen hing er an ihr wie am Leben selbst. Ach, könnte sich doch das Leben mit Liebe und einfachem Glück begnügen. Vor lauter Sorge um ihrer beider Liebe willen kam es vor, daß Sajjida über ihren Schatten sprang und laut und offen über ihre Gefühle sprach. Sie schreckte nicht einmal mehr davor zurück, ihm ihre brennende Sehnsucht zu offenbaren. »Ohne dich kann ich nicht leben«, hatte sie ehrfürchtig erklärt.

Doch so schön ihre Worte auch klangen, ihre üppigen Lippen und was sie gewährten, waren süßer. Da half's auch nichts, daß sie sagte: »Du bist alles für mich – Vergangenheit und Zukunft.«

Der Glanz ihrer honigfarbenen Augen sprach von Sehnsucht und Treue, und doch kam es vor, daß sie, wenn sie in der Umarmung dahinschmolz und ihn mit ihrem heißen Atem verbrannte, seufzte: »Etwas fehlt ...«

»Einer so vollkommenen Liebe wie der unsrigen fehlt nichts«, gab er stumpfsinnig und egoistisch zur Antwort. Sie hatte unwillig mit den Schultern gezuckt, vorsichtig genug, um ihn nicht zu verärgern; Geduld und Beharrlichkeit schienen eher zum Ziel zu führen.

Er litt unter dem Gefühl, von einer furchterregenden Last bedrängt zu werden, die ihn möglicherweise dem Spiel des Ungewissen in die Arme trieb. Deshalb willigte er ein, sich von einem Kollegen zum Besuch jener Gasse verführen zu lassen, die für Prostitution bekannt war. Wie allen jungen Männern aus dem Hussain-Viertel mangelte es ihm nicht am notwendigen Mut. Entsprechend beherzt schritt er die Gasse entlang, die lediglich von zwei, dazu noch weit auseinanderstehenden, Gaslampen erhellt wurde. Da beide Lampen mit einer dicken, festen Staubschicht bedeckt waren, war die Gasse in ein Halbdunkel getaucht, das dem Gelüst sehr dienlich war. Sein Blick schweifte erregt umher, bis er schließlich ein Opfer entdeckt hatte.

Solchen Besuchen folgt gewöhnlich das lange, eifrige Verweilen bei Gebet und Andacht, einschließlich der hingebungsvollen Bitte um Vergebung. Anders erging es auch Osman nicht, aber hinzu kam noch, daß er sich seiner tief verborgenen, lüsternen Absichten gegenüber Sajjida bewußt wurde.

So geschah es, daß er, stärker noch als unter dem Zwang, unentwegt arbeiten zu müssen, unter den Qualen litt, die ihm das Gewissen bereitete. Das Ende der langen Leidensnächte verbrachte er in einer seelischen Benommenheit, die schon fast einer Ohnmacht glich. Ohne den Grund deutlich benennen zu können, netzten bisweilen Tränen seine Lider.

Der Leiter des Archivs, Herr Safan Basjuni, beobachtete seine Arbeit mit Bewunderung und Mißtrauen. Was ihm gefiel, waren Osmans Ausdauer, gutes Benehmen und sittsames Wesen. Aber von Anfang an paßte ihm nicht, daß Osman als einziger in der Abteilung das Abitur hatte und obendrein nach immer mehr Bildung strebte. Damit hob er sich von ihm, Herrn Basjuni, ab, besaß er doch lediglich den Grundschulabschluß. Osman, der sich des Konflikts rechtzeitig bewußt wurde, setzte einerseits auf das gutmütige Naturell seines Vorgesetzten, strengte sich andererseits aber doppelt an, dessen Sympathie zu gewinnen und allen Anweisungen gehorsam zu folgen. Auf diese Weise brachte er es schließlich zuwege, daß der Mann ihm voll und ganz vertraute und mit einzigartiger Ehrlichkeit sein Herz öffnete. Herr Basjuni rückte in der Pause an ihn heran, weihte Osman in seine Gedanken ein, und selbst auf politischem Gebiet enthüllte er ihm seine Meinungen und Neigungen. Der Mann legte einen solchen Eifer vor, daß Osman es nicht wagte, die Ohren zu verschließen, geschweige denn ihm mitzuteilen, daß ihn, Osman, das alles kalt ließ. Rang sich Osman zu der verschwörerisch klingenden, aber nichtssagenden Erklärung durch: »Kein Wunder, wir kommen aus dem gleichen Stall«, dann geriet der Mann zu Osmans Verblüffung völlig aus dem Häuschen. Er fand es seltsam, daß politische Sachen einen leitenden Beamten dermaßen beschäftigen konnten. Noch erstaunlicher war für ihn, daß auch seine Kollegen, die erbärmlich dran waren, sich dafür interessierten. Was fanden sie daran so anziehend? Hatten sie keine echten Probleme? Mit nicht geringer Verächtlichkeit sagte er sich, daß sie eben Menschen waren, die kein klares Ziel vor Augen hatten. Ihr Glauben war nur oberflächlich, und weder dachten sie genügend über den Sinn des Lebens nach, noch warum Gott sie erschaffen hatte. Ihre Gedanken und ihr Leben vergeudeten sie bei schnödem Vergnügen und haarspalterischem Geschwätz; ihre wahre Kraft kam nicht zum Einsatz, Hirngespinste machten sie zu Narren. Die Zeit verstrich, aber sie wurden sich dessen nicht gewahr.

7

Eines Tages, als Safan Basjuni ihm die eingegangene Post übergab, sagte er: »Ich möchte Sie zu einer kleinen Feier bei mir zu Hause einladen.«

Osman war überrascht. Obwohl er sich peinlich berührt fühlte, dachte er nicht daran, die Einladung unter irgendeinem Vorwand auszuschlagen.

»Bei den Nachbarn findet eine Hochzeit statt«, fuhr Herr Basjuni fort, »und so könnten wir nach dem Abendessen, es gibt Hammelkopf, auf dem Balkon sitzen und dem Gesang lauschen.«

Safan Basjunis Wohnung befand sich im dritten Stock eines Hauses in der Bachr-Gasse in Bab asch-Scharija. Osman stellte nach kurzer Zeit fest, daß er der einzige Gast war. Er freute sich über dieses Privileg, das ihm sein Chef zukommen ließ. Sie setzten sich beide zu Tisch und genossen das köstliche Mahl: Gehirn, Stirn, Zunge, Augen, Würstchen, Fleischbrühe mit Brot, und als Beilage gab es Rettich und Essiggemüse. Als Nachtisch wurde Zuckermelone gereicht. Das Essen war hervorragend, und es gab von allem so reichlich, daß Osman sich den Bauch tüchtig vollschlug. Die beiden Männer setzten sich auf den Balkon, der auf die Hofseite hinausging. Er erstrahlte im Lichterglanz der zahlreichen Gaslampen, und alle Plätze auf den Stühlen und Polsterbänken, aufgestellt in Reihen, waren voll besetzt. Dazwischen lief jede Menge Jugendlicher und

Kinder umher, und Dutzende kleiner Zuschauer waren auf die Außenmauer geklettert und beobachteten das große Ereignis. Im Haus brannte überall Licht, so daß das Auf und Ab der Frauen gut zu beobachten war. Der Platz quoll über von Stimmen unterschiedlichster Lautstärke und Tonlage, und ins Gewirr mischten sich Lachen, Husten und Freudentriller. Mit klopfendem Herzen sah Osman dem fröhlichen Treiben zu. Die hitzige Atmosphäre, geschwängert vom Duft von Liebe und Sex, erwärmte ihm das Gemüt. So kam es, daß er schon bei den ersten Tönen, die die Musiker anschlugen, heftiger erregt war, als er es von sich kannte und je erwartet hätte. Er hatte nicht viel übrig für Musik, aber wenn kein sonderlicher Aufwand damit verbunden war, hörte er, zumindest für kurze Zeit, ganz gerne zu. Ab und zu mal Musik, das war nicht schlecht, manchmal konnte sie durchaus angenehm sein und einen heiter stimmen. Heiraten! Ehe bedeutete alles – eine glänzende Verbindung, Freude, religiöse Pflichterfüllung. Plötzlich mischte sich in seine Erregung tiefe Trauer.

»Was Sie brauchen, ist Entspannung. Wie oft habe ich das schon gedacht«, sagte Herr Basjuni und sah ihn an. Ein Teil des Gesichts war von den Lichtern im Hof erhellt, der andere vom Dunkel überschattet. »Ihr Leben besteht einzig aus Arbeit und Lernen«, fuhr der Mann fort, »dabei erwartet es von uns vieles andere ...«

Osman tat, als hörte er interessiert zu, obwohl er im Innern Verachtung aufsteigen fühlte. Er konnte solche Predigten, die zu Trägheit aufriefen, nicht ausstehen. Er hielt sie für Gotteslästerung. Plötzlich mußte er an Sajjida denken, die sich seinetwegen quälte, aber was hatte er nicht auch alles zu tun – so vieles mußte er sich einprägen, repetieren. Er spürte, wie sich sein Mund zu einem nichtssagenden Lächeln verzog.

»Sie sind von hehrem Streben erfüllt, aber das Gemüt muß auch mal zur Ruhe kommen. Seelenfrieden ist ein kostbares Gut.«

»Was für ein kluger Mann Sie sind, Herr Basjuni«, erwiderte er und fühlte, wie die Verachtung immer mehr zunahm.

An der Balkontür tauchten die Umrisse einer Gestalt auf. Es war ein junges Mädchen mit einem Tablett, von dem der Duft von Pfefferminztee aufstieg. Der Widerschein des Glanzes vom Hof spiegelte sich auf dem Gesicht wider, so daß trotz des dunklen Zimmerhintergrunds einige Züge zu erkennen waren. Das Gesicht war rund, die Haut weizenfarbig – eine bemerkenswerte Schönheit, die etwas Rätselhaftes in sich barg und hinter der man geheimnisvolle Sehnsüchte vermuten konnte. Unruhe überkam ihn. Als er sich ein wenig vorbeugte, um das Teeglas entgegenzunehmen, sah er aus unmittelbarer Nähe die Haut des Arms, die so glatt und frisch war, daß man hätte meinen können, der Pfefferminzduft käme von ihr. Das Mädchen verharrte für eine Minute, möglicherweise auch weniger, und trat dann, mit einem verschämten Lächeln, das sie zu verbergen suchte, ins Dunkel zurück. Es setzte Schweigen ein, und diese Stille gab Osman das Gefühl, eine Sünde begangen zu haben. In der Luft lag etwas wie Verschwörung, und das machte Osman noch unruhiger.

»Meine Tochter ...«, sagte Herr Basjuni.

Osman nickte respektvoll.

»Sie hat den Grundschulabschluß gemacht ...«

Wieder nickte Osman, diesmal mit einer Spur von Bewunderung. Vom Hof drangen die Stimmen der Sänger herauf.

»Das häusliche Heim ist für ein Mädchen die wahre Schule ...«, so Herr Basjuni.

Osman gab keinen Kommentar. Er wußte nicht, was er sagen sollte, gleichzeitig litt er aber auch unter seinem Schweigen.

»Wie denken Sie darüber?«

»Sicher, sicher, da bin ich völlig Ihrer Meinung.« Seine Mutter fiel ihm ein; er mußte daran denken, wie hart sie ein Leben lang gearbeitet hatte. Es beschlich ihn das Gefühl, in eine Falle gelockt zu werden. Unten setzte der Solist ein, ruhig, sanft, weich.

»Was für eine schöne Stimme«, murmelte Herr Basjuni.

»O ja.«

»Das Leben ist auch schön.«

»Gewiß.«

»Nur verlangt es von uns, weise zu sein, damit es uns seine Süße überhaupt großzügig gewährt.«

»Aber ist es nicht recht schwierig, Weisheit zu erlangen?«

»Ganz und gar nicht, sie ist ein Gottesgeschenk.«

Insgeheim sagte sich Osman, daß Gott die Menschen nicht erschaffen hatte, damit sie sich ausruhten oder den Weg abkürzten. Der Mann belauerte ihn, dennoch würde er sich nicht ergeben. Nur, wie sollte er es schaffen, sich seine Freiheit zu erhalten und trotzdem den Chef zufriedenzustellen? Er geriet ins Grübeln, nahm von der Musik nichts mehr wahr. Safan Basjuni hingegen spitzte die Ohren, fuchtelte mit den Händen und wippte mit den Füßen. Zwischendurch sah er immer wieder mal neugierig und prüfend zu Osman hinüber. Wut stieg in diesem auf, als hätte er einen grinsenden Henker vor sich. Er würde, schon aus Gründen der Selbstverteidigung, eine Gegeneinladung aussprechen und noch mehr auf den Tisch bringen müssen – ein Gedanke, der ihm nicht geringen Schmerz verursachte. Ohne zwingenden Grund gab er nicht einen Piaster aus. Gleich bei der ersten Gehaltszahlung hatte er bei der Post ein Sparbuch angelegt, Grund genug, nie und nimmer auf den Gedanken zu kommen, in eine andere Gegend zu ziehen oder die Wohnung zu wechseln oder andere Sachen zu essen. Sparen gehörte zu seinem unerbittlichen Kampf, war ein Mittel von vielen. Mehr noch, Sparen zählte für ihn zu den Gepflogenheiten seiner religiösen Verrichtungen, war ein Schutz gegen die Angst in einer angstmachenden Welt. Aber was sein mußte, mußte sein. Er hatte den Mann einzuladen und noch spendabler zu sein. Zu Hause, in dem mit Büchern vollgestopften und durch und durch armseligen Zimmer, ging das nicht; er mußte ihn in ein Restaurant einladen. Das würde ihn eine hübsche Stange Geld kosten. Zum Teufel mit solchen Narren! Ohne jeden Sinn und Zweck dröhnte unten die Musik, Höllentore öffneten sich, aber der Alte wiegte verzückt den Kopf, als wüßte er nicht, welches Verbrechen er begangen hatte. Wieder einmal trieb die Welt eins ihrer üblen Späßchen.

8

Noch bevor der Monat zu Ende ging, lud er Herrn Basjuni ins Restaurant al-Kaschif ein. Sie nahmen beide einen sehr schmackhaften Fisch und als Nachspeise süßen Reiskrem. Der Alte war außer sich vor Glück, gerade so, als erwartete er von einem Augenblick zum anderen den Gnadenengel vom Himmel herabsteigen zu sehen. Offensichtlich wollte er den Abend noch nicht beenden, denn plötzlich schlug er vor: »Was meinen Sie? Sollten wir nicht noch ein bißchen im Café Fischawi feiern?«

Tiefer Schmerz durchzuckte sein Herz, doch er nahm Herrn Basjuni beim Arm und erklärte: »Ein wunderbarer Gedanke.«

Als sie im Café saßen, mußte er daran denken, wie er früher einmal, am Fest des Fastenbrechens, im Hussain-Viertel in eine Schlägerei geraten war – die neue Galabija war zerrissen. Der Vater hatte ihn verprügelt, und ein Jahr lang mußte er mit geflickter Galabija laufen. Es störte ihn, daß Herr Basjuni heiter und fröhlich gestimmt war. Zweifelsohne glaubte er, heute noch eine gute Nachricht zu hören, denn die wässrigen Augen blickten ihn mit erwartungsvoller Freude an. Er war sich offenbar gewiß, zufriedengestellt zu werden. »Verstehen Sie sich gut mit den Kollegen im Archiv?«

»Ich denke schon.«

»Nun ja, sie sind armselig dran, aber gutherzig.«

»Das sind sie.«

»Sie hingegen sind ein großartiger junger Mann. Wollen Sie als Anwalt arbeiten, wenn Sie den Abschluß gemacht haben?«

»Aber nein, ich will nur eine günstigere Basis erreichen.«

»Eine gute Idee. Ihr Ehrgeiz ist bewunderungswürdig.«

Osman entschloß sich, aus der Reserve herauszugehen und die Flucht nach vorne anzutreten, selbst um den Preis, seinen Vorgesetzten zu enttäuschen. »Ich habe größere Probleme, als Sie vielleicht denken.«

Herr Basjuni sah ihn besorgt an. »Gott behüte! Doch wohl nichts Ernstes?«

»Es ist nicht mein Ehrgeiz, der mir, wie Sie vielleicht denken, zu schaffen macht, sondern es sind weitaus geringere Dinge.«

»Ach ja?«

»Wenn es die Umstände erlaubten, hätte ich längst an die natürlichste, einfachste, vernünftigste Sache der Welt gedacht, nämlich meiner religiösen Pflicht nachzukommen und zu heiraten.«

Der Mann schaffte es nicht, die Enttäuschung, an der er wie an einem Kloß würgte, zu verbergen. »Was denn für Umstände?«

Osman stöhnte bekümmert. »Es gibt gewaltige Verantwortlichkeiten. Uns, die Armen, lassen sie nicht aus ihren Fängen.« Er senkte den Kopf und murmelte bedrückt: »Ach, wie sehr wünschte ich mir ...« Er brach den Satz ab und schwieg, als wäre er zu erregt, um weiterzusprechen. Der Alte lehnte sich zurück, so daß sein Gesicht im Dunkel lag. Es ging nicht anders, er mußte sich die Freundschaft des Mannes erhalten, um weiterzukommen.

»Und wann werden Sie auf eigenen Beinen stehen können?« tönte es dumpf aus dem Dunkel.

Mit Verzweiflung in der Stimme erwiderte er: »An mir hängen lauter Kinder und Witwen, ich komme mir wie ein Ochse vor, der mit zugebundenen Augen das Wasserrad am Drehen hält.« Alles erstarb. Selbst das Klacken der Tricktrack-Steine war nicht mehr zu hören. Er stammelte: »Ach, wenn ich nur könnte ...«

Der Alte sagte kein Wort. Als er Anstalten machte, die Rechnung zu bezahlen, lehnte Osman es entschieden ab und beglich, innerlich zerrissen, die Summe. Die Stimmung war verdorben, da half keine künstliche Heiterkeit mehr. Sie traten auf die Straße hinaus und gingen zu Fuß bis zum Bab-asch-Scharija-Platz. Dort verabschiedete sich Herr Basjuni. Kaum war Osman allein, fühlte er sich elend vor lauter Anspannung und Besorgtheit; wie im Rausch überfiel ihn eine wahnsinnige Lust, etwas wie Selbstmord zu begehen und das Geld mit vollen Händen auszugeben.

Ohne jedes Zögern strebte er der berüchtigten Gasse zu, um auf diese Weise Kummer und schlechtes Gewissen tief im Innern zu begraben. Wehmütig seufzte er: »Macht ein Mensch Fehler, müssen auch die ihm heilig sein.«

9

Als er die Treppe hinunterstieg, versperrte ihm Umm Husni den Weg. Ohne einen wichtigen Grund hätte sie dies nicht getan. Er schaute auf. Ihr Gesicht war von Falten zerfurcht, das Haar mit Henna gefärbt, aber trotz ihres Alters strotzte ihr Körper noch von Kraft. Seine Mutter fiel ihm ein. Lächelnd begrüßte er sie mit einem Handschlag.

»Ich habe Neuigkeiten.«

»Hoffentlich gute.«

Sie kniff das eine noch heile Auge zu, das andere hatte sie bei einer der vielen Handgreiflichkeiten verloren, und meinte: »Besonders gut sind sie nicht.«

Erschrocken blickte er sie an.

»Es ist ein Bewerber aufgetaucht. Ein Kerl steht dir im Weg.«

»Hä?«

»Es hat einer um Sajjidas Hand angehalten.«

Verblüfft zuckte er zusammen, Schmerz überfiel ihn. Das hatte er nicht erwartet. Er wußte nicht, was er sagen sollte.

»Ein Schneider.«

Er hatte immer geahnt, daß das kommen mußte. O nein, er würde nicht versuchen, es zu verhindern; es bestand keine Hoffnung, etwas zu erreichen. Es war unabänderlich wie der Tod. Er hatte noch immer nichts gesagt.

Umm Husni nahm ihn an die Hand, zog ihn in ihr Zimmer und setzte ihn aufs Sofa. »Interessiert dich die Sache nicht?«

Ein heftiger Schmerz schnitt ihm in die Seele, die Welt verschwand ihm vor Augen. Wütend blaffte er Umm Husni an: »Frag kein dummes Zeug.«

»Immer mit der Ruhe ...«

»Ich gehe jetzt wohl besser.«

»Du wirst sie nicht mehr treffen können.«

Die Welt schwand mehr und mehr dahin.

»Du hättest wissen müssen, was passiert.«

»Was?«

»Ihre Mutter paßt jetzt höllisch auf, daß sie nicht mehr aus dem Haus geht. Ein Mann von Fleisch und Blut ist besser als ein Traumgespinst.«

Halb bewußtlos stöhnte er: »... einer aus Fleisch und Blut, kein Traumgespinst.«

»Du liebst sie doch, oder etwa nicht?«

»Ja, ich liebe sie«, flüsterte er unter Qualen.

»Eine altbekannte Geschichte im Viertel.«

»Und eine wahre.«

»Großartig, und warum hast du dann nicht den Mund aufgemacht?«

»Ich kann nicht.«

»Nun hör mal gut zu! Das Mädchen hat mich angefleht, dir auszurichten ...«

Völlig verzweifelt stöhnte er auf.

»Geh hin, und halte um sie an, oder laß mich es für dich tun.«

Er murmelte Unverständliches, als redete er in einer unbekannten Sprache mit sich selbst. Umm Husni sah ihn erschrocken an. Noch immer ins Selbstgespräch vertieft, entfuhr ihm: »Gott würde es mir niemals verzeihen ...«

»Ach, du lieber Himmel, meinst du, sie ist eines Beamten wie dir nicht würdig?«

»Leg mir nichts in den Mund, Umm Husni!«

»Sprich offen und ehrlich mit mir, ich bin wie deine Mutter.«

Er seufzte. »Ich kann jetzt nicht heiraten.«

»Sie wird so lange warten, wie du willst.«

»Sie müßte lange warten.«

»Binde sie mit deinem Wort, das reicht fürs erste.«

»Nein, ich will nicht egoistisch sein. Ich werde zurückstehen, um ihres Glückes willen.«

Bevor Umm Husni etwas erwidern konnte, stürzte er aus dem Zimmer. Er trat auf die Straße und strich langsam durch die engen Gassen. Der Schmerz ließ nicht nach, und mit Bitterkeit schickte er sich in die Vorstellung, Sajjida nie wieder zu sehen. Trotzdem beschlich ihn auch ein Gefühl von heimlicher Erleichterung, und je mehr es Besitz von ihm ergriff, desto mehr glaubte er, daß ein Fluch auf ihm lastete. Er liebte Sajjida, kein anderes Mädchen würde jemals die Leere ausfüllen, die sie hinterließ. Eine solche Liebe war nicht einfach auszulöschen, sie würde immer wach bleiben und ihm zeigen, wie sehr er sich und seinen Ehrgeiz haßte.

Dennoch würde er an der Karriere festhalten, die nötige Kraft dafür mußten ihm Haß und Verzweiflung geben. Etwas wie Wahnsinn trieb ihn voran, aber dieser Wahnsinn war heilig und ließ ihn die Tür zum Glück mit Verachtung und Stolz zuschlagen und den schweren, mit Dornen gespickten Weg von Ruhm und Ehre beschreiten. Das Glück hätte ihn verführt, an Selbstmord zu denken; das Unglück würde ihn anspornen, das Leben zu beschwören und anzubeten.

Aber ach, was für ein Verlust, du meine Sajjida.

10

Er machte in allem gute Fortschritte, auch wenn er still vor sich hin litt. Angesichts seiner soliden Arbeit mußte ihm selbst Safan Basjuni trotz der erlittenen Enttäuschung bescheinigen, daß er fleißig, leistungsfähig und rechtschaffen war. Sein Urteil lautete: »Osman ist der erste, der kommt, und der letzte, der geht. Und wenn es Zeit fürs Gebet ist, führt er den Zug der Kollegen an, wenn sie in den Gebetsraum strömen.«

Gewissenhaft erledigte er seine Arbeit und half bei Kollegen aus, die im Verzug waren. Deshalb wurde er nicht nur für sein Können, sondern auch für seine Hilfsbereitschaft gelobt. Das Studium setzte er mit großer Energie fort, und es war vorauszusehen, daß er es glänzend abschließen würde. Er gehörte zu den regelmäßigen Besuchern der Nationalbibliothek, arbeitete dort die schwierigen juristischen Texte durch und füllte gierig manch eine Wissenslücke auf. Das alles hielt ihn nicht davon ab, am Freitag regelmäßig die Hussain-Moschee aufzusuchen, so daß er mit der Zeit zu den vertrauten Gesichtern gehörte und, wie im Ministerium, auch im Viertel für seine Gottesfurcht und Frömmigkeit bekannt war. Dennoch litt er still vor sich hin, denn nach wie vor beherrschte Sajjida Herz und Verstand. Er kam nicht umhin, sich einzugestehen, daß sie das einzig Kostbare in seinem Leben war.

Noch immer ging er zur gewohnten Zeit zum alten Brunnen, und wenn er allein auf der Stufe hockte, drohte ihn die Hitze der Erinnerungen zu versengen. Er tauchte darin ein, so tief, daß Sajjida körperliche Gestalt annahm und fühlbar wurde. Setzte ihm die Sehnsucht zu stark zu, erwartete er von einem Moment zum anderen ihren leichtfüßigen Schritt zu hören und sie fröhlich, wenn auch ein wenig verlegen, auf sich zukommen zu sehen. Er dachte an die langen Gespräche, die heißen Umarmungen, die vielen Küsse, mit denen er jeden kostbaren Fleck bedacht hatte. Aber sie kam nicht, nie mehr würde sie kommen. Sie hatte mit ihm gebrochen und ihn wahrscheinlich sogar vergessen. Und dachte sie doch noch an ihn, dann bestimmt nur, um ihn verdientermaßen zu verfluchen. Eines Nachmittags, als er an ihrem Fenster vorbeigegangen war, glaubte er, hinter einem Krug, der zum Abkühlen hinausgestellt war, für einen Moment ihren Kopf gesehen zu heben. Vielleicht war sie es nicht gewesen, vielleicht aber doch, dann war sie bestimmt voller Abscheu hastig zurückgetreten. Ach, sagte er sich, geweiht ist der, der Qualen erduldet, und er sagte sich auch, daß der Dienst am Menschen eine Art Gebet sei.

Eines schönen Freitags, es war noch Morgen, fügte es der Zufall, daß er in al-Chijamija Sajjida begegnete. Sie war in Begleitung ihrer Mutter. Für einen Moment trafen sich ihre Blicke, dann sah sie gleichgültig weg, drehte sich auch nicht mehr um. Da streifte ihn eine Ahnung, was Tod war. Das war es, was Adam beim Auszug aus dem Paradies gespürt haben mußte – die Strafe mit Würde und Stolz ertragen.

Verzweifelt und aufgewühlt wie er war, suchte er, wenn auch in aller Vorsicht, des öfteren das berüchtigte Gäßchen auf. Im Lauf der Zeit hatte sich seine Beziehung zu einer der Frauen verfestigt. Sie war in seinem Alter und hieß Kadrija. Besonders gefiel ihm, daß sie wie Sajjida eine dunkle Haut hatte – auch wenn ihre deutlich schwärzer war – und daß sie ebenso stämmig war, ohne aber wirklich fett zu sein. Seit ihn seine Füße zu ihr geführt hatten, und das lag schon länger zurück, wollte er es nur mit ihr zu tun haben. Ihr Zimmer erinnerte ihn an das seinige, auch wenn es mit dem nackten Fußboden und spärlichen Mobiliar – Bett, Spiegel, Stuhl – noch ärmer aussah. Der Stuhl war nicht nur die einzige Sitzgelegenheit, er diente auch als Kleiderablage und Stellfläche für Waschschüssel und Krug. War es Winter, konnte er den Anzug nicht ausziehen. Trotz langer Bekanntschaft brachte er nicht mehr als »Guten Tag« und »Auf Wiedersehen« heraus, aber eins hatte ihm die Frau trotz seiner großen Frömmigkeit beigebracht – in Maßen zu trinken. Ein Glas vom höllischen Salsala-Wein, die Flasche gab's zum halben Piaster, und sein Verstand war ausgelöscht und das Blut kochte vor Wahnsinn. Einmal war er so berauscht gewesen, daß er gelallt hatte: »Du bist die Herrin allen Seins.«

Wieder war er bei ihr. Er betrachtete den kahlen Raum, atmete den Weihrauchgeruch ein, sah die Fliegen und Kakerlaken, stellte sich die im verborgenen lauernden Bazillen vor und fragte sich, ob nicht dieses verfluchte und vom Feuer der Hölle durchdrungene Loch dennoch zum Reich Gottes gehörte. Einmal, draußen goß es in Strömen, und der Donner grollte, steckte er in dieser öden Zelle fest. Das Auf und Ab in der Gasse legte sich, das Stimmengewirr klang gedämpfter, es war stockdunkel. Kadrija hockte auf dem Bett, er saß auf dem Korbstuhl. Eine Kerze warf spärliches Licht. Als ihm die Zeit zu lang wurde, holte er das

Notizbuch aus der Tasche, in dem er wichtige Sätze aus Fachbüchern festhielt, und begann sich darin zu vertiefen.

»Der Koran?« fragte Kadrija.

Lächelnd schüttelte er den Kopf.

»Termine für Stelldicheins?«

»Hausaufgaben.«

»Was? Du bist Student? Und warum hast du dann einen Bart?«

»Ich bin Beamter und Abend-Student.«

Wehmütig und zärtlich dachte er an Sajjida, und gleich darauf schoß ihm ein Gedanke durch den Kopf, der ihn ein wenig froher stimmte: Der Regenguß wusch die Gasse, machte sie sauber.

Eines Tages sah er auf dem Nachhauseweg, daß vor Sajjidas Haus Sand gestreut war und Fähnchen flatterten. Sein Herz machte einen Satz, als hätte es den endgültigen Stoß erhalten. Auf der Treppe begegnete er Umm Husni; hatte sie auf ihn gewartet? Er grüßte flüchtig, doch sie rief ihm hinterher: »Möge unser Herrgott deine Wünsche erfüllen und dich glücklich machen!«

Er schaffte es nicht, sich zu konzentrieren. Bis in sein Zimmer drang der Lärm herauf – Freudentriller, Gejohle, Kindergeschrei und Dudelsackmusik nach Art von Hasballah. Es war soweit, Sajjida betrat das Reich eines anderen Mannes. Ein Teil Jugend schwand dahin und wurde endgültig begraben.

Hinausstürmen, entschlossen und von neuem Schwung beflügelt. Großartig das Leben, alle Hoffnungen übertroffen. Schöner als al-Ma'arris ist die Weisheit Omar Chajjams:

Das Herz allein gibt die Richtung an. Mitten hinein in die Hochzeit platzen, und alle meinen, er sei verrückt geworden. Auf Sajjida weisen, ihr zurufen: »Entscheide dich!« Und sie erhört ihn, trotz allen Weh und Achs, denn im Moment der Bedrängnis, der der Hinrichtung vorausgeht, offenbart sich die Wahrheit, trägt sie den Sieg über den Tod davon. Los geht's, auf und davon, Sajjida und er, atemlos vor Glück, durch drei Gassen hindurch, von Bab an-Nasr bis hin zur Totenstadt.

Bis zum Morgengrauen rissen Stimmengewirr, Freudentriller, Gesänge nicht ab. Er starrte ins Exzerpt und verstand nichts. Die Einsamkeit war groß, und immer tiefer versank er in seiner öden, stummen, hoffnungslosen Welt. Schwer lastete die Mühsal des steinigen Pfads auf ihm, doch er gedachte der Gefechte der Nationen, des Kampfgetümmels der Bakterien, der Schlacht von Gesundheit und Wohlergehen. Da rief er laut: »Preis und Ruhm sei Gott dem Allmächtigen!«

11

An Seine Exzellenz den Ministerialdirektor:
Es ist mir eine Ehre, Eure Exzellenz darüber in Kenntnis zu setzen, daß ich in diesem Jahr das externe Studium, durchgeführt zwecks höheren Allgemeinwissens und Vervollständigung der für einen Beamten notwendigen Kenntnisse, mit dem

Diplom der Juristischen Fakultät abschließen konnte, was mir, stehend unter dem Schutz Seiner Majestät des Königs, Gott schütze ihn und seine Herrschaft, dank der Inspiration durch Eurer Exzellenz Genialität möglich war.

Möge Euer Exzellenz die Güte haben, davon Kenntnis zu nehmen und beiliegendes Zeugnis in meiner Dienstakte aufbewahren zu lassen.

Mit dem Ausdruck allergrößter Hochachtung –

Osman Bajumi
Abteilung Archiv
Sekretär für Eingänge

Gemessen an seinen Studienkameraden hatte er einen glänzenden Erfolg verbuchen können, und das an Seine Exzellenz den Ministerialdirektor gerichtete Schreiben würde ein gut Teil dazu beitragen, seine Überlegenheit gegenüber den Amtskollegen deutlich zu machen. Als erstes würde das Schreiben auf dem Tisch seines unmittelbaren Vorgesetzten, Safan Basjuni, dann auf dem des Herrn Verwaltungsdirektor Hamza as-Suwaifi landen. Schließlich hatte er den Dienstweg einzuhalten, und der sah so aus: Er gab das Schreiben in die Ausgangspost, und da es dann einging, wurde es als Eingangspost registriert und gesichtet. Danach ging das Schreiben an Herrn Hamza as-Suwaifi weiter, der es seinerseits abzeichnete, um es an den Ministerialdirektor zu leiten. Also wäre es wieder in der Ausgangspost und danach in der Eingangspost vom Büro Seiner Exzellenz. Und dann war es soweit – Exzellenz las das Schreiben mit eigenen Augen, ließ es in sein Bewußtsein eindringen, und womöglich löste es sogar eine Gemütsbewegung aus. Dann zeichnete Exzellenz es zur Weitergabe ab. Es käme also wieder in die Ausgangspost, gelänge in die Personalabteilung, wo es bearbeitet und eine Kopie ans Archiv, also den Ausgangspunkt, geschickt werden würde, um die Kopie in seiner Personalakte aufzubewahren. War das geschafft, hatte sich der Lauf der Gestirne vollendet, und wer bis dahin von seinem Erfolg noch nichts wußte, würde es mittlerweile erfahren haben.

Einen ganzen Tag lang berauschte er sich an seinem Glück. Andere Tage kamen, vergingen. Was nun? Sollte der Rest in Schweigen versinken? Es passierte nichts. Das heilige Feuer brannte in der Brust, al-Hussain in seinem Grabmal wurde Zeuge langer Selbstgespräche. Wie mühselig war der Weg, und kein einziger Schritt lag im Licht. Das Studium war beendet, dennoch würde er nicht davon ablassen, aus dem Meer von Kultur zu schöpfen. Es stillte seinen Wissensdurst und vervollkommnete seine Persönlichkeit, um gerüstet für die Position zu sein, die er mit Gottes Gunst und Gnade eines Tages einnähme. Das kultivierte Auftreten würde ihm helfen, sich für den langen, bitteren Kampf im Dschungel der Bürokratie zu rüsten. Jeder, der etwas zu sagen hatte, verlangte, daß Opfer gebracht wurden. Er mußte vieles wettmachen. Er konnte nicht die Zauberkraft des Gelds ausnutzen, er genoß nicht die Privilegien einer angesehenen Familie, ihn stützte kein starker Arm einer

Partei, aber er gehörte auch nicht zu den Typen, die sich mit der Rolle des Clowns oder Dieners oder Zuhälters zufriedengaben. Er war ein Sohn des Volkes, einer aus der Masse der Elenden, und das hieß: jede nur mögliche Waffe nutzen, sich für jede Gelegenheit rüsten, auf Gott vertrauen und sich von seiner ewig währenden Weisheit leiten lassen, die einem beschied, hienieden auf Erden zu fallen, um im Schweiße des Angesichts zu erreichen, wieder gen Himmel aufzusteigen.

Der nie endende, ewige Ablauf der Tage brachte es mit sich, daß im Archiv die Stelle der siebenten Beförderungsstufe frei wurde; der Inhaber war in ein anderes Ministerium versetzt worden. So kam es, daß Safan Basjuni erklärte: »Ich habe Sie für die freie Stelle vorgeschlagen. Niemand ist würdiger als Sie.«

Dankbar schüttelte Osman ihm die Hand, und am liebsten hätte er ihn geküßt.

»Sie haben sieben Jahre in der achten Stufe verbracht, das Diplom gemacht und sind außerordentlich tüchtig gewesen.« Der Alte lachte, bleckte die schwärzlichen, lückenhaften Zahnreihen. »Die Stelle ist Ihnen so gut wie sicher, denn Leute mit Beziehungen verspüren nicht im geringsten den Wunsch, einen Posten in einer Abteilung zu ergattern, die voller Ungeziefer und Schlangen ist.«

Oh, wie lange das Warten dauerte, wie viele Tage vergingen! Sieben Jahre hatte er auf einer Stufe festgesessen. Wenn er so weitermachte, würde er vierundsechzig Jahre brauchen, um das ersehnte Ziel zu erreichen. Seit damals,

als er sich unter den Neulingen befand, war er dem Herrn Ministerialdirektor, dem Meister des heiligen Feuers, nicht mehr vor Augen getreten. Was Wunder, daß er daran Vergnügen fand, sich nach Feierabend auf den Platz vor dem Ministerium zu stellen und zu beobachten, wie Exzellenz mit geradezu königlicher Pracht und Glorie aus dem Gebäude herauskam. Ja, so mußte es sein, das war das Ziel seines Lebens, das gab dem Leben Sinn und Erhabenheit.

In der Verwaltung häufte sich die Arbeit wegen der Haushaltsplanung dermaßen an, daß sich der dortige Direktor gezwungen sah, zusätzliche Beamte aus den anderen Bereichen anzufordern. Das Archiv stellte Osman ab. Er freute sich, sah er doch seine Gelegenheit kommen. Er stürzte sich mit ungeheurem Eifer in die Arbeit. Mal hatte er es mit Rechnungsprüfern zu tun, mal mit stellvertretenden Leitern, und er nahm sogar an Sitzungen mit dem Verwaltungsdirektor höchstpersönlich teil. Osman explodierte wie ein Vulkan; auf eine solche Möglichkeit hatte er, seit das heilige Feuer im Herzen brannte, gewartet. Ohne auch nur mit der Wimper zu zucken, stand er den Chefs vom frühen Morgen bis in die späte Nacht zur Verfügung. In einer solch angespannten Situation kam es nur auf eins an – auf das Maß an Leistungsfähigkeit. Die Haushaltsplanung war eine äußerst wichtige, komplizierte Angelegenheit, denn damit hatten der Ministerialdirektor, der Staatssekretär, der Minister, das Kabinett, das Parlament, die Presse zu tun. In Tagen von solcher Überbelastung spielten Ansehen und Beziehungen keine Rolle, da galt nur die natürliche Auslese. Wer fähig war, kam zur Geltung, und der Wert des einzelnen wurde, wenn auch nicht belohnt, so doch anerkannt. Osman verstand es, auf sich aufmerksam zu machen und volles Vertrauen zu gewinnen. Sein enormes Arbeitsvermögen trat ebenso zutage wie sein Wissen um Verordnungen und Gesetze. Aber damit begnügte er sich nicht. Er entwarf, ohne daß davon jemand wußte, die Erklärung zur Haushaltsplanung, die normalerweise der Verwaltungsdirektor schrieb. Kaum daß sich ihm die Gelegenheit bot, mit Herrn Hamza as-Suwaifi unter vier Augen zu reden, holte er den Entwurf heraus und sagte mit überschwenglicher Höflichkeit: »Falls Sie gestatten, verehrter Herr Direktor, würde ich Ihnen gern einige Gedanken zeigen, die mir bei der Arbeit gekommen sind und für die Abfassung der Haushaltserklärung sich möglicherweise als nützlich erweisen könnten.«

Hamza as-Suwaifi schaute leicht amüsiert und etwas mitleidig auf. »Es heißt, daß Sie ein tüchtiger junger Mann sind.«

»Aber Herr Direktor ...«

»Übrigens, herzlichen Glückwunsch, heute wurde Ihre Beförderung bestätigt.«

Für einen Moment überkam Osman das Glücksgefühl des Sieges, und überwältigt stammelte er: »Das verdanke ich einzig Gottes und Ihrer Huld.«

Der Direktor lächelte. »Wie gesagt, herzlichen Glückwunsch. Was die Haushaltserklärung betrifft, so steht das auf einem ganz anderen Blatt.«

Osman nahm all seinen Mut zusammen und sagte mit Todesverachtung: »Verzeihen Sie, Herr Direktor, aber an etwas wie die Erklärung selbst würde ich nicht im Traum denken. Mir kamen beim Arbeiten nur ein paar Gedanken. Es handelt sich einzig um Bemerkungen eines bemühten Beamten, der sich mit Gesetz und Finanzwesen auskennt und darauf bedacht ist, zu Diensten zu stehen, wenn Sie mit all Ihrer Kraft daran gehen, diese bedeutsame Erklärung auszuarbeiten.«

Der Mann nahm die »Bemerkungen« entgegen und begann zu lesen. Osman beobachtete ihn gespannt, ließ kein Auge von ihm. Die Notizen nahmen den Direktor voll und ganz in Anspruch, soviel war klar. Es vergingen ein paar Minuten, dann sagte er leichthin: »Ihr Stil ist nicht schlecht.«

»Danke, Herr Direktor.«

»Wie es scheint, lesen Sie viel.«

»O ja, Herr Direktor.«

»Was lesen Sie denn so?«

»Literatur, Biographien großer Männer, in Englisch und Französisch.«

»Können Sie übersetzen?«

»Ganze Stunden meiner Freizeit bringe ich mit Wörterbüchern zu.«

Der Herr Direktor lachte. »Schön, sehr schön, möge Gott Ihnen Erfolg bescheren.« Mit diesen Worten verabschiedete er Osman, doch die »Bemerkungen« behielt er. Von Freude berauscht, verließ Osman den Raum. Er glaubte fest, daß er das Vertrauen des Direktors gewonnen und damit mehr erreicht hatte, als die siebente Beamtenstufe wert war.

Als die gedruckte Fassung der Haushaltsplanung nach einigen Monaten vorlag, stürzte sich Osman über die Einleitung. Bis auf eine kleine, unwesentliche Änderung war es genau der Text, den er als Erklärung entworfen hatte. Es machte ihn unendlich glücklich, ließ ihn im Vertrauen auf seine Gaben frohgemut in die Zukunft sehen. Er appellierte an seine Vernunft, das Geheimnis der Erklärung auf keinen Fall zu enthüllen.

Nicht lange, und es kam der Bescheid, daß er in die Haushaltsabteilung versetzt wurde. In dieser Nacht stellte er sich ans Fenster und schaute hinunter auf das im Finstern versunkene Viertel. Als er die Augen gen Himmel hob, sah er die wachenden Sterne. Sie wirkten starr, aber im Universum gab es nichts, das nicht in Bewegung war. Gott hat, sagte er sich, die schönen Sterne erschaffen, damit wir den Blick nach oben richten. Das Unglück ist nur, daß die Sterne auch dann noch herniederfunkeln, wenn sich von uns auf Erden nichts mehr finden läßt. Viel Schweiß und viel Blut sind vonnöten, um den Sinn unseres Seins wahr zu machen.

12

»Ich werde Sie im Archiv sehr vermissen. So traurig mich Ihre Versetzung macht, so sehr freue ich mich für Sie.«

Angesichts der Rührung, die aus den Worten von Safan Basjuni sprach, packte Osman für einen kurzen Moment aufrichtige Zuneigung. Fast kamen ihm die Tränen. »Ich werde Sie niemals vergessen, Herr Safan ...«, stammelte er, »Sie nicht, und nicht die Zeit im Archiv.«

»Ich bin glücklich, weil Sie es sind.«

»Ach, Herr Safan«, seufzte er, »das Glück ist ein kurzlebig Ding.«

Für Safan Basjuni mußte dieser Satz unverständlich bleiben, aber Osman erlebte ihn geradezu körperlich. Er trug schwer an der Last, die die Zeit für ihn war; Sekunde für Sekunde schleppte er sie auf dem Rücken herum. Die mühselige Geduld zerrte an den Nerven; Faser für Faser drohte der Faden zu reißen. Vergessen war die Beförderung in die siebente Stufe, aus dem Sinn geschwunden die neue Tätigkeit in der Haushaltsabteilung. Er arbeitete wie ein Besessener, und zu Hause, in seinem kleinen Zimmer, eroberte er sich emsig die Welt des Wissens. Da kam es schon vor, daß er bisweilen seufzte: »Das Leben vergeht, die Jugend schwindet, die Tage verfließen, und man kommt nicht zur Ruhe.«

Noch immer stand er am Anfang des langen Wegs. Die leidenschaftliche Sparsamkeit nahm mit der Zeit zu, das

Festhalten an der armseligen Wohnung wurde immer verbissener. Geld war eine Festung, sagte ihm sein Gefühl, und im Fall, daß die Morgengabe notwendig wurde, konnte Geld den Weg zur Frau der Träume eröffnen. Die Traumfrau war es, die die Schlösser aller Türen öffnen und den verborgenen Schatz, den die Zukunft barg, heben konnte. Was das betraf, kannten Beamte jede Menge Sprüche, Sprichwörter und Weisheiten. Entweder war das schöne Bräutchen ein Geschenk frühen Ruhms, oder sie diente dazu, die schwierige Hürde zum Ruhm zu nehmen. Und da vor ihm, wie es schien, ein dornenreicher Weg lag, war Hilfe dringend nötig. Im Ministerium hieß es, daß Seine Exzellenz der Ministerialdirektor bereits in jugendlichem Alter seine Position erreicht hatte, und zwar dank politischer und familiärer Beziehungen; er hatte in eine Familie eingeheiratet, die sich in Glanz und Schönheit sonnte. Und über den ersten Vizedirektor der Verwaltung wurde erzählt, daß er dank seiner Frau, genauer gesagt, dank der Familie seiner Frau, befördert worden war.

Er, Osman, tat das Seinige, um sich mit jeder nur möglichen Waffe zu rüsten; was sollte also Schlimmes daran sein, wenn er sich der Hilfe einer Braut aus angesehenem Haus bediente? Wie sonst konnte er sich der gnadenlos dahinstürzenden Flut der Zeit entgegenstellen? Um seinem Ziel näherzukommen und sein Einkommen zu steigern, begann er, für Zeitungen und Zeitschriften Übersetzungen anzufertigen. Er hatte Erfolg und konnte seine Ersparnisse mehren. Keinen einzigen Piaster gab er aus, um sein asketisches Leben ein wenig leichter zu machen, und von den Vergnügungen dieser Welt gönnte er sich lediglich den wöchentlichen Besuch bei Kadrija im Gäßchen und das Glas höllischen Weins für einen halben Piaster.

Einmal erklärte sie: »Du hast immer den gleichen Anzug an, sommers wie winters. Seit ich dich kenne, und das ist Jahre her, sehe ich diesen Anzug.« Da er nur die Stirn runzelte und nichts sagte, fügte sie schnell hinzu: »Ärger dich nicht, ich mache gern Späßchen.«

»Hast du eigentlich das Geld, das ich dir in all den Jahren gegeben habe, aufbewahrt?«

»Ich hatte mich in einen Kerl verguckt, und der hat mir zweihundert Pfund gestohlen. Ist dir klar, was zweihundert Pfund sind?«

Er konnte sich gut vorstellen, was für eine Katastrophe das gewesen sein mußte. Möge mich Gott vor ähnlichem bewahren, dachte er, die Welt ist voll von solchen Unglükken. »Und was hast du gemacht?«

»Nichts. Hauptsache, Gott schenkt einem Gesundheit. Das ist am wichtigsten.«

Kein Zweifel, sie mußte verrückt sein; deshalb war sie auch Hure geworden. Aber nur bei ihr fand er von des Lebens Mühsal Entspannung, sie war sein einziger Trost.

Manchmal sehnte er sich nach der Zeit zurück, in der er noch wahre Liebe gespürt hatte. Welcher Zauber war davon ausgegangen, wie köstlich hatte das Leben geschmeckt. Aber so gern er sich an Sajjida, den verlassenen Brunnen, die Wüste erinnerte, letztendlich schickte er sich immer wieder in die derben Späße, die das Leben bereitete, war er, trotz allen Leidens, mit sich und seiner Wahl zufrieden, schickte er sich in den steinigen, aber von Gott gekrönten und seinem erhabenen Ruhm erleuchteten Weg.

Einmal fragte Kadrija: »Hast du nicht Lust, Freitag vormittag spazierenzugehen?«

Verblüfft sah er sie an. »Ich mit dir? Wie ein Dieb schleiche ich mich im Dunkeln her ...«

»Wieso? Vor was hast du Angst?«

Was sollte er sagen? Sie würde ohnehin nichts verstehen. »Es ist nicht gut, wenn mich jemand sieht ...«

»Bist du ein Verbrecher?«

»Die Leute ...«

»O ja, du bist der Stier, der die Welt auf den Hörnern trägt«, spottete sie.

Nein, aber ein Mann mit Gottesfurcht und Moral, der auf seinen guten Ruf bedacht war.

»Du könntest mich für eine ganze Nacht haben, wir könnten uns einig werden«, säuselte sie verführerisch.

»Und der Preis?« fragte er vorsichtig.

»Fünfzig Piaster.«

Er überlegte angestrengt. Einmal richtig entspannen, aber der Preis! Er war schrecklich hoch. Andererseits brauchte er Ruhe. »Eine gute Idee, vielleicht einmal im Monat ...«

»Was? Einmal im Monat reicht dir?«

»Ich könnte ja außerdem noch vorbeikommen, zu den üblichen Bedingungen.«

Er gestand sich ein, daß er auf sie nicht verzichten wollte. Auch wenn sie ungefähr in seinem Alter war, schienen sie weder Zeit noch Spuren zu scheren. Sie lebte dahin, ohne Liebe und ohne Ruhm. Es war, als hätte sie sich, in einem Anfall von Wut, dem Teufel verschrieben. Einmal, als sie ihm gestand, an einer Demonstration teilgenommen zu haben, war er fürchterlich zornig geworden. »Was? Eine Demonstration?!«

»Was ist mit dir? Ja, eine Demonstration. Selbst unser Gäßchen hat mal das Vaterland geliebt.«

Der Wahnsinn, sagte er sich, war weiter verbreitet, als er dachte. Politisches Interesse beunruhigte und verwirrte ihn. Er war entschlossen, sich um Politik nicht zu kümmern. Er glaubte fest daran, daß jeder Mensch seinen Weg zu gehen hatte, und zwar strikt und ganz für sich allein, ohne Parteien und ohne Demonstrationen. Nur der, der für sich lebte, war fähig, Gott zu empfinden und sich bewußt zu machen, was der Allmächtige in diesem Leben von ihm erwartete. Ruhm erlangte nur der, der sich zwischen Gut und Böse achtsam hindurchtappte und dem Tod bis zum letzten Augenblick Widerstand leistete.

13

Eines Tages fiel Osman Bajumi eine interessante Bekanntmachung in die Hände. Das Ministerium suchte einen Übersetzer für Englisch und Französisch mit dem monatlichen Gehalt von fünfunddreißig Pfund. Es war ein Datum für die Eignungsprüfung festgesetzt worden. Ohne langes Zögern nahm Osman daran teil. Er ging als strahlender Sieger daraus hervor, was sein Selbstvertrauen und den Stolz auf sein Talent noch mehr förderte.

Hamza as-Suwaifi, in dessen Abteilung der Übersetzer arbeiten sollte, ließ Osman kommen. »Herzlichen Glückwunsch zu diesem Erfolg«, erklärte er. »Wieder einmal haben Sie unter Beweis gestellt, über wie viele Gaben Sie verfügen.« Osman dankte mit gewohnter Höflichkeit, doch Herr as-Suwaifi winkte ab und fuhr fort: »Der Posten sieht ein Festgehalt vor, woraus folgt, daß Sie aus dem allgemeinen Beförderungsplan herausfallen. Haben Sie das bedacht?«

Er hatte nicht, und deshalb ließ seine Begeisterung über das relativ hohe Gehalt im Handumdrehen nach, und er stammelte: »O nein, das möchte ich nicht.«

»Dann sollen wir also den zweiten Favoriten berücksichtigen?«

Osman schoß ein Gedanke durch den Kopf. »Wäre es nicht möglich, mich mit der Auflage, daß die Übersetzungen zu meinen Aufgaben gehören, in die sechste Stufe zu befördern? Damit könnte im Haushalt eine beträchtliche Summe gespart werden.«

Der Verwaltungsdirektor überlegte eine Weile, und schließlich sagte er: »Das muß mit der Personal- und Rechtsabteilung abgesprochen werden.«

»Nun ja, Herr Direktor.«

Hamza as-Suwaifi lachte. »Sie sind nicht nur ehrgeizig, Sie sind auch intelligent. Ich hoffe, Ihr Vorschlag wird angenommen.«

Die Beförderung in die sechste Stufe, mit einem Gehalt von fünfundzwanzig Pfund, wurde genehmigt. Sicher, er hatte zehn Pfund geopfert, aber dafür war er in die nächste Stufe befördert worden, und darauf hätte er noch jahrelang warten müssen. Außerdem kam ihm durch die Doppelbelastung ein besonderer Stellenwert zu.

Wie schon so oft, hielt sein Glücksgefühl nur kurze Zeit vor; mit der Freude war es bei ihm wie mit zufälligen Begegnungen auf der Straße. Er gedachte wieder des langen Wegs, der noch vor ihm lag, und ächzte angesichts der schweren und kein Ende nehmen wollenden Last, die auf ihn zukam. Was nützte ihm, der die Jugend fast hinter sich hatte, die sechste Stufe? Als er Safan Bajumi zufällig begegnete, drückte der ihm herzlich die Hand und erklärte fröhlich: »Sie machen gewaltige Sprünge, mein Sohn.«

»Aber die Zeit fliegt nur so dahin ...«, erwiderte er bekümmert.

»So ist es, möge Gott Sie vor Übel schützen.«

Osman betrachtete nachdenklich Bajumis faltiges Gesicht. »Was hatten Sie sich vorgenommen, als Sie jung waren?«

»Ich?? Gelobt sei Gott. Nicht mal im Traum habe ich daran gedacht, Leiter des Archivs zu werden.«

»Haben Sie nie davon geträumt, Ministerialdirektor zu sein?«

Safan Bajumi brüllte vor Lachen los, bis ihm die Tränen in die Augen kamen. »Einfache Leute wie wir denken nicht weiter als bis zum Abteilungsleiter.«

Da irrte er sich. Natürlich dachte man nicht daran, Minister oder Staatssekretär zu werden, aber die Position des Ministerialdirektors zu erreichen war selbst für einen aus dem Volk nicht unmöglich. Es war die letzte Stufe, die man anstreben konnte, vor allem dann, wenn man zu den wenigen Auserwählten gehörte, die sich mit allem Notwendigen für den großen Ruhm rüsteten. Nur leider floß die Zeit unaufhaltsam dahin; ehe man sich versah, war still und leise wieder ein Tag vergangen. Es war sinnlos, auf dem Stuhl des Ministerialdirektors zu landen und nicht wenigstens ein paar Jahre lang Zeit zu haben, um sich in dem neuen Glanz zu sonnen, sich des Lebens zu erfreuen und dem geheiligten Apparat, Regierung genannt, in erhabener Weise zu dienen.

Wann würde er seiner religiösen Pflicht nachkommen und heiraten? Bevor seine Hoffnungen erfüllt waren oder erst danach? Er mußte eine Familie gründen und Kinder zeugen, sonst träfe ihn der Fluch. Entweder verhalf einem die Frau zum Aufstieg, oder der Aufstieg verhalf einem zu einer glänzenden Partie. Aber ach, dachte er an den vor ihm liegenden Kampf mit all seiner Härte, dann kam es schon bisweilen vor, daß er sich nach Ruhe und träger Lust sehnte, obwohl doch einzig dieser Kampf den Sinn des Lebens ausmachte und eine heilige Pflicht war.

Eines Tages hörte er, wie Herr Hamza as-Suwaifi sich über seinen Sohn und dessen schwache Leistungen im Fremdsprachenunterricht beklagte. Im Nu schlug Osman ihm vor, dem Sohn Nachhilfestunden zu geben. Der Mann zögerte. »Es wäre wohl besser, ihm einen Privatlehrer zu besorgen, denn ich möchte Ihnen nichts von Ihrer eng bemessenen Zeit rauben.«

»Wie können Sie so etwas denken, Herr Direktor, das werde ich Ihnen nie verzeihen«, entgegnete Osman in wohlgesetzten Worten.

Er suchte also des öfteren das Haus von Herrn Hamza as-Suwaifi auf, und da er dem Jungen auf einzigartige Weise half, konnte der gute Noten verbuchen. Als der Direktor ihm eine Entschädigung zahlen wollte, wich Osman erschrocken zurück, als bedrohte ihn ein Feuer. »Auch das, Euer Ehren, werde ich Ihnen nicht verzeihen.« Er bestand so heftig auf seiner Ablehnung, daß Hamza as-Suwaifi sie schließlich akzeptierte. Das Gespräch endete damit, daß Osman dankbar murmelte: »Ich werde immer Ihrer Gunst und Ermutigung verpflichtet sein.«

Dabei verspürte er im tiefsten Innern einen Schmerz, der mindestens ebenso groß war wie die hochherzig ausgeschlagene Summe. Noch eine Enttäuschung setzte ihm zu. Er hatte insgeheim gehofft, bei den häufigen Besuchen in as-Suwaifis Haus auf eine »passable« Braut zu stoßen. Wer konnte schon wissen? Außerdem träumte er davon, daß seine Dienste den Herrn Direktor gnädig stimmten und ihn vergessen ließen, aus welch niederer Schicht er, Osman, stammte, und er auf diese Weise Zugang zu einer neuen Klasse bekäme, was ihm wiederum den Weg zum Aufstieg ebnen würde. Aber ach, der Traum verwirklichte sich nicht, und obendrein gab es im Haus von as-Suwaifi nur männliche Wesen. Nun ja, Safan Basjuni hatte sich an seiner niederen Herkunft nicht gestoßen. Wie auch? Beide, er und Osman, stammten aus gleichen Verhältnissen und waren ähnlich aufgewachsen. Aber was brachte es ihm, wenn er dessen Tochter heiratete? Nichts, außer einem Haufen Kinder, Sorgen und Ärmlichkeit. Nicht einmal Liebe wäre da. Einzig und allein Sajjida hatte er geliebt, und seit er sie vergessen mußte, war sein Herz tot. Doch Menschen, die auf Gottes Weg wandelten und nach Ruhm strebten – nein, die scherten sich nicht ums Glück.

Tage kamen und gingen; so und nicht anders würde es immer sein – sengend heißer Sommer, träumerischer Herbst, bitterer Winter, duftender Frühling; fester Wille, Ausdauer, hehrer Eifer, leidvolles Herz, aufreibende Sehnsüchte.

14

Wie gewohnt, besuchte ihn Umm Husni wieder einmal. Nachdem sie ihm ein Glas eingelegte Zitronen geschenkt hatte, setzte sie sich aufs Sofa und starrte ihn dermaßen an, daß er neugierig wurde. Plötzlich schlug sie die Hände auf die Knie und erklärte: »Beim heiligen Hussain, ich kann es nicht mehr mit ansehen, daß du so allein lebst.« Da Osman nur nichtssagend lächelte, zeterte sie weiter: »Hast du vergessen, wie alt du schon bist?«

»Natürlich nicht, Umm Husni.«

»Und daß nichts treuloser ist als die Zeit?«

»Da hast du recht.«

»Wo sind die Kinder, die dir Gesellschaft leisten und dich aufheitern?«

»In der Welt des Unsichtbaren.« Er schwieg vor sich hin, doch dann lachte er und sagte: »Dich plagt wohl dein Berufseifer, Umm Husni.«

Da mußte sie auch lachen. »Hör mal, ich habe etwas Tolles für dich.«

Trotz aller überzeugten Haltung fesselte ihn die konspirative Atmosphäre, von der ein geheimnisvoller, verführerischer Reiz ausging. Er schmunzelte. »Du hast immer tolle Sachen, Umm Husni.«

Sie schöpfte Hoffnung. »Sie ist hübsch, Witwe, im mittleren Alter, aber gescheit. Die Tochter vom verstorbenen Scheich.«

»Aha.«

»Sie hat nur eine Tochter! Vierzehn Jahre alt.«

»Gleich zwei Frauen, nicht bloß eine.«

»Die Tochter wird zum Onkel ziehen, in der Richtung hast du keine Probleme.«

»Großartig.«

»Sie hat Besitz!«

»Ach ja?«

»Ein Haus in Birguwan. Im Hof ist ein Maulbeerbaum.« Angestrengt starrte sie ihn aus schwachen Augen an, um die Wirkung ihrer Worte zu sehen. Auf Einverständnis hoffend, fügte sie schnell hinzu: »Du kannst sie dir anschauen.«

Wenig später begleitete er Umm Husni in die Sikkat-al-Gadida, wo sie ihm die Auserwählte zeigte. Sie trug einen Mantel, aber der gemächliche, wiegende Gang ließ darauf schließen, daß sie mit der wallenden Milaja aufgewachsen und an sie gewöhnt war. Eher kleingewachsen, neigte sie zur Fülle. Das Gesicht war rund, das Haar schwarz. Sie weckte ein Gelüst in ihm. Wie Kadrija. Bestimmt war sie sauberer als Kadrija, aber dafür hätte er unzählig viele Scherereien am Hals. Irgendwie tat ihm auf einmal Umm Husni leid. Da kannten sie sich schon so lange, und sie wußte nichts von ihm. Wie sollte sie auch wissen, was es bedeutete, Rechnungsprüfer und Übersetzer in der Finanzstelle zu sein? Die Tragödie des Menschen bestand darin, daß er, entstanden aus Lehm, sich einen Platz unter den Sternen zu erobern hatte.

»Was meinst du?« fragte Umm Husni.

»Eine tolle Frau«, antwortete er lächelnd. »Du bist noch immer eine Expertin.«

»Soll ich mich weiter kümmern?«

»Nein.«

»Aber hast du nicht gesagt, daß sie toll ist?«

»Deshalb muß sie nicht als Ehefrau für mich geeignet sein.«

Es sollte sich zeigen, daß Umm Husni hartnäckiger war, als er dachte. Eines Tags überraschte sie ihn mit der Mitteilung, daß – welch glücklicher Zufall! – Frau Sanija zu Besuch gekommen sei. Wieder regte sich die Lust in ihm, und ungewollt überließ er sich dem plötzlichen Anfall von Schwäche.

»Sie ist unten bei mir ...«, mahnte Umm Husni.

»Vielleicht besucht sie mich auch«, erwiderte er boshaft.

Sie drehte sich um, und beim Weggehen sagte sie: »Wenn du willst, kannst du ja kommen.«

Ohne lange zu zögern, stieg er die Treppe hinunter. Kaum hatte er das Zimmer betreten, herrschte Schweigen. Umm Husni hatte freie Bahn und begann sofort, loszuschwatzen. Osman fiel auf, daß er sie nie ernsthaft hatte reden hören, außer mit Sajjida. Schließlich kam er nicht umhin, sich ein »Habe die Ehre ...« abzuringen.

»Danke ...«, wisperte Frau Sanija.

»Es ist kalt heute.«

»O ja.«

Umm Husni griff ein. »Ist Ihr Haus fertig angestrichen?«

Sie nickte.

Daraufhin startete Umm Husni den Versuch, ihn ins Gespräch zu bringen und von seiner Tätigkeit erzählen zu lassen. Da er hartnäckig schwieg, erwies sich das als Fehlschlag. Gierige Lust flammte ihn ihm auf, ohne daß Hoffnung bestand, sie zu befriedigen. Frau Sanija machte eine leichte Bewegung, Zeichen dafür, daß sie aufbrechen wollte. Er sprang auf, grüßte und ging. Statt die Treppe hinaufzusteigen, ging er, getrieben von einem kühnen Plan, ganz nach unten. Schon waren ihre Schritte zu hören, sie kam. Als er plötzlich vor ihr stand, zuckte sie überrascht zusammen. Auch er tat, als wäre die neuerliche Begegnung ganz unverhofft. »Wie nett, Sie noch einmal zu sehen.« Er machte ihr Platz, und als sie an ihm vorbeiging, flüsterte er: »Wie wär's mit einer Tasse Tee bei mir ...«

»Nein, danke«, stieß sie hastig hervor.

»Bitte, ich möchte Ihnen etwas sagen ...«

»Nein!« wehrte sie empört ab und lief, so schnell sie konnte, davon.

Vor Lust an allen Gliedern zitternd, gestand er sich ein, überstürzt gehandelt zu haben. Wie hatte er glauben können, daß sie seine Einladung annehmen würde? Schuld hatten die Gier, die Ungeduld und die Hilflosigkeit. Wütend und beschämt stieg er wieder hinauf. Mit sich hadernd, sagte er sich, daß er noch immer pubertär war, es auch so lange bleiben würde, bis er in einer geachteten Familie zur Ruhe käme.

15

Was seine Finanzen betraf, so verbesserte sich die Lage von Tag zu Tag. Er hatte eine Gehaltserhöhung bekommen, und die Einnahmen aus Übersetzungen in der Freizeit nahmen zu. Und da er nur das ausgab, was unbedingt notwendig war, wuchs das Konto bei der Post stetig an.

Bei der Arbeit zeigte er keinerlei Müdigkeit, und seine Beziehung zum Direktor war so herzlich, daß es schon beinah an Freundschaft grenzte. Eines Tags sagte Herr as-Suwaifi: »Seine Exzellenz der Ministerialdirektor hat seine Bewunderung über Ihren Stil beim Übersetzen zum Ausdruck gebracht.«

Ihn überfiel ein solch überwältigender Freudenrausch, daß er sicher war, nachts kein Auge schließen zu können. Natürlich erinnerte sich der Ministerialdirektor nicht mehr an ihn persönlich, aber immerhin kannte er jetzt schon den Übersetzer an sich und den Namen.

»Seine Exzellenz ist übrigens ein hervorragender Übersetzer«, sagte Herr as-Suwaifi. »Er hat viele wichtige Bücher übersetzt, deshalb ist er auch durchaus in der Lage, Ihre Leistung einzuschätzen.«

Osman murmelte ein paar Worte des Danks, an die er höflich anschloß: »Nur mit Ihrem Wohlgefallen konnte ich die Wertschätzung Seiner Exzellenz erlangen.«

Der Herr Direktor lächelte und erklärte betont freundlich: »Der Beamtenverband hat mich eingeladen, einen

Vortrag zu halten. Ich habe bereits ein paar Stichworte notiert, wie wär's, wenn Sie, mit Ihrem exzellenten Stil, den Vortrag schriftlich ausführten?«

»Ich würde mich unendlich glücklich schätzen, Herr Direktor!« rief Osman begeistert.

Ach, so eine Aufgabe wünschte er sich jeden Tag. So kompakt und geschätzt die Arbeit in der Finanzverwaltung auch war, käme er damit allein nicht weit. Wann immer es möglich war, mußte er den Chefs zur Verfügung stehen; nur auf diese Weise würde ihnen bewußt werden, wie wichtig er war und welch unschätzbaren Nutzen sie aus ihm ziehen konnten. Eine solche Anerkennung könnte ihm sicherlich über den Kummer hinweghelfen, den er angesichts des Mißverhältnisses zwischen Erreichtem und Angestrebtem empfand. Auf jeden Fall könnte er auf seinem langen Weg Trost daraus ziehen.

In der Nacht erlitt er, ohne im geringsten darauf vorbereitet zu sein, einen Anfall tiefster Schwermut. »Was für ein Idiot ich bin!« rief er verzweifelt. »Wie kann ich glauben, eines Tages mein Ziel zu erreichen?« Er zählte auf, was ihm an Stufen noch fehlte – die fünfte, vierte, dritte, zweite, erste. Erst dann hätte er den Gipfel des Ruhms erklommen. Er rechnete durch, wieviel Jahre er dazu brauchte, und da drehte sich ihm der Kopf, und verzweifelte Trauer hielt ihn gefangen. Etwas Großartiges müßte geschehen, sagte er sich; das Leben konnte doch nicht sinnlos vergeudet werden.

Da er sich mit Safan Basjuni im Café verabredet hatte, machte er sich zum Ausgehen fertig. Eine Treppe tiefer wartete Umm Husni auf ihn. »Ich habe Gäste, du solltest sie begrüßen«, sagte sie. »Sajjida und ihre Mutter sind da.«

Er trat ein, sagte Guten Tag. Zuerst war ihm ein wenig bang zumute, aber es dauerte nicht lange, und er begriff, daß die Geschichte mit Sajjida ausgestanden war. Kein einziger schroffer oder vorwurfsvoller Blick, kein Schimmer von Erinnerung, statt dessen unverfälschtes Desinteresse. Da war er sich sicher, daß die Vergangenheit dem grenzenlosen Abgrund des Todes anheimgefallen war. Der tiefe Eindruck, was Zeit bewirkte, verstärkte sich noch durch die Art, wie die Mutter ihn begrüßte – ohne allen Argwohn, nett und freundlich. Der Tod raffte einen ihm teuren Wert dahin, den er für ewig und unauslöschbar gehalten hatte. Auf einmal gab es bloß noch Erinnerung, vertrieben aus dem Reich der Geschichte wie Adam aus dem Paradies. Das war sie also – Sajjida, dick und dümmlich, Kadrija nicht unähnlich. Aufgeregt sah er genauer hin: Die Milaja war vom Kopf auf die Schultern gefallen, ließ den Blick auf den Hals frei. Das verzierte Kopftuch war nach hinten gerutscht, zum Vorschein kamen die glänzende Stirn und der Ansatz des gescheitelten Haars. Der früher so vertraute Glanz der Augen war erloschen. Die Atmosphäre glich der einer Totenfeier, nur daß hier noch der Eindruck makabrer Fremdheit dazukam. Vergebens war die Suche nach den Spuren seiner Lippen und Zähne auf ihrem üppigen Mund.

Er blieb so lange, wie die Höflichkeit es erforderte, und als er wegging, klopfte sein Herz heftig vor inbrünstig demütigem Flehen zum dunklen, vernichtenden, mörderischen Ungewissen, das mal grausam, mal lieblich lächelte.

Der Grund für die Verabredung mit seinem früheren Chef Safan Basjuni war dessen Pensionierung; in wenigen Tagen würde er aus dem Ministerium ausscheiden. Das Haar war ihm ausgegangen, und er sah schrecklich dünn aus, was nicht so sehr aufs Alter, sondern auf eine Magenerkrankung zurückzuführen war. Er hatte sich seine gutherzige, schicksalsergebene Art bewahrt, dennoch war ihm deutlich anzumerken, daß er dem Ausscheiden aus dem Dienst mit Melancholie und Trauer entgegensah. Osman ergriff die Gelegenheit und versuchte ihn mit den Worten aufzumuntern: »Ich wünsche Ihnen von Herzen, daß Sie die Ruhe glücklich und zufrieden genießen können.«

Der alte Mann brachte ein Verlegenheitslachen heraus. »Ich weiß nicht, wie mein Leben ohne das Archiv aussehen wird.« Er seufzte. »Ich habe keinerlei Hobby, deshalb ist mir der Gedanke, zu Hause zu sitzen, sehr unangenehm.«

»Aber Sie sind so bekannt, alle Welt mag Sie.«

»Gewiß, und meine familiären Angelegenheiten sind auch geregelt. Trotzdem habe ich Angst.«

Während sie den Tee tranken, schaute Osman den alten Herrn, ohne daß er es merkte, bedauernd an.

»An meinen ersten Tag im Ministerium«, hob Safan Basjuni wieder zu sprechen an, »kann ich mich noch so gut erinnern, als wäre es erst gestern gewesen. Dieser Tag ist genauso unvergeßlich wie die Hochzeitsnacht, jede Einzelheit steht mir noch vor Augen. Wie kann es sein, daß diese lange Zeit so schnell vergangen ist?«

Osmans Herz krampfte sich zusammen. »O ja, wie so manches andere ...«, murmelte er.

Safan Basjuni lächelte, Zeichen dafür, daß er ein neues Thema anschlagen wollte. »Was machen Ihre familiären Belastungen?«

Osman erinnerte sich rechtzeitig an seine damalige Ausrede und erwiderte: »Nun ja, ich habe noch immer schwer zu tragen.«

Der Alte sah ihn freundlich und versonnen an. »Als ich Sie damals in Empfang nahm, waren Sie nichts weiter als ein großer Junge, und heute sind Sie ein ausgewachsener Mann. Nicht lange, und Sie werden ... Ach was, das wichtigste ist, daß Sie aufpassen, sich von der Zeit nicht betrügen zu lassen. Hüten Sie sich davor, mit aller Kraft.«

»Wunderbar, und was nützt das?«

»Daß Sie nicht den Zug verpassen.«

»Ah, Sie spielen aufs Heiraten an.«

»Ich meine alles. Dauernd sehe ich Sie auf dem Sprung und in Habachtstellung. Wozu? Und wie lange noch?«

»Aber so ist das Leben nun mal.«

Empört winkte Herr Basjuni ab. »Wir alle halten große Reden übers Leben und tun, als wüßten wir genau Bescheid.«

»Das ist leider unvermeidlich ...«

»Wenn es Gott den Erhabenen nicht gäbe, wäre dieses ganze Leben eine müßige, bedeutungslose Spielerei.«

»Glücklicherweise gibt es ihn aber, und er überschaut besser als wir, was er tut.«

»Gott sei Dank dafür«, bekräftigte der alte Herr nachdrücklich.

Sie schwiegen ein Weilchen, kamen wieder ins Gespräch, hielten inne, redeten erneut, bis es schließlich Zeit zum Gehen war. Osman hatte das Gefühl, daß er den alten Mann nicht wieder sehen würde, und obwohl er nur sein Kollege war, mit dem ihn lediglich ein gewisses Pflichtgefühl verband, ergriff ihn in diesem Moment eine traurige Rührung.

Mit den Worten: »Ich hoffe, daß Sie mich nicht vergessen«, reichte ihm der alte Mann die Hand, um sich zu verabschieden.

»Da sei Gott vor«, erwiderte er betont herzlich.

»Gerät man ins Vergessen, ist das wie der Tod.«

»Möge Ihnen Gott ein langes Leben schenken.«

Nein, weder hatte er die Absicht, Safan Basjuni noch einmal zu besuchen, noch war er, getrieben von einem aufrichtigen Gefühl, zu dieser Verabschiedung erschienen. Wenn er ehrlich war, hatte er schlicht und einfach Angst gehabt, als überheblich und undankbar zu gelten. Nun setzten ihm sein Gewissen und seine Gottesfurcht zu, und als er sich in Marsch setzte, nahm er kaum etwas wahr. Er kämpfte mit sich, denn gegen seinen Willen beschlich ihn ein Gedanke – in wenigen Tagen wäre in der fünften Beförderungsstufe eine Stelle frei.

Seine Position in der Abteilung war stark genug, um auf kein wesentliches Hindernis zu stoßen. Noch im selben Monat wurde er in die fünfte Stufe befördert und als Direktor des Archivs eingesetzt.

16

Zeigte man bei allem Leerlauf nur ein wenig Geduld, wurde man letzten Endes reichlich beschenkt. Die neuerliche Beförderung verdiente ihre Bezeichnung zu Recht. Ihr wesentlicher Vorzug bestand darin, daß der Archivdirektor Seiner Exzellenz dem Ministerialdirektor die wichtigen Schreiben persönlich vorlegte und dessen Instruktionen eigenständig und allein umsetzte. Endlich hatte Gott Wohlgefallen an ihm gefunden und ihm das himmlische Tor zur höchsten Instanz geöffnet. Eine mächtige, herrschaftliche Gelegenheit bot sich an, und nun war es an ihm, alles das zu nutzen, was er sich an Erfahrung, Kultur, Geschick und Ergebenheit erworben hatte. Endlich durfte er den Fuß in diesen Raum, weitläufig wie ein Platz, setzen, jenen Ort, von dem er träumte, einstmals von hier aus zu regieren. Die Vision mußte Wirklichkeit werden, selbst um den Preis, die höchsten, kostbarsten Opfer zu bringen. All den unwürdigen Rivalen, die sich mit flüchtigen, billigen Freuden begnügten, sollte der Traum vorenthalten bleiben.

Mit aller Sorgfalt inspizierte er den Raum, in seiner ganzen Länge, in seiner ganzen Breite: die glatte, weiße Dekke, den kristallenen Kronleuchter, die tapezierten Wände, den mit Ziegeln verzierten Kamin, den blauen Teppich, der so riesig war, daß er nicht geglaubt hätte, so etwas könnte es geben, den mit grünem Tuch bezogenen Konferenztisch, den davorstehenden Schreibtisch mit wuchtigen, gewunden gedrechselten Beinen und einer Glasplatte, die zum Teil silbernen Kostbarkeiten wie Papierhalter, Tintenfaß, Stifte, Uhr, Tintenlöscher, Aschenbecher, hölzernes Zigarettenkästchen vom Chan al-Chalili.

Verstohlen musterte er die Gestalt des vom Glück überreichlich bedachten Ministerialdirektors: dunkle Augen, scharfer Blick, sauber rasiertes Gesicht, dunkelroter Tarbusch, wohlriechende Duftnote, mäßig langer und breiter schwarzer Schnurrbart, gesundes Aussehen, schätzungsweise mittlere Körperfülle (da er ja nicht wußte, wie groß der Ministerialdirektor war), eine rundum in sich ruhende, ehrfurchtgebietende Reserviertheit, die eine freundschaftliche Beziehung nur schwer in Betracht kommen ließ.

Wirklich und wahrhaftig, er stand vor Exzellenz, in Reichweite jenes Atems, im Bannkreis jenes durchdringenden Dufts, und er hörte den Puls schlagen, las die Gedanken, erahnte die Wünsche, setzte die Anweisungen, noch bevor sie ausgesprochen waren, in die Tat um, deutete aus dem Lächeln die Zukunft, und wieder einmal setzte ihm der schönste aller Träume, der Urtraum, zu – eines Tages auf diesem Sessel zu sitzen.

Er verbeugte sich voll von scheuem Respekt.

»Möge Gott Euer Gnaden einen gnadenreichen Tag bescheren.«

Der Ministerialdirektor sah auf und erwiderte murmelnd den Gruß.

»Osman Bajumi, Direktor des Archivs«, stellte er sich vor. Nur den in die Höhe gezogenen, geraden Brauen war andeutungsweise ein Lächeln zu entnehmen, nicht den Lippen; Grund genug, sich noch einmal, diesmal deutlicher zu artikulieren. »Der Neue, Herr Ministerialdirektor.«

»Und der Übersetzer, nicht wahr?«

Oh, wie das Herz klopfte. »Ja, Euer Gnaden.«

»Ihr Stil ist gut«, erwiderte Exzellenz mit gedämpfter Stimme.

»Solche Ermutigung ist eine gewaltige Ehre ...«

»Gibt es wichtige Schreiben?«

Behende öffnete er die Umschläge, breitete die Schreiben aus und erhielt zu jedem genaue Anweisungen. Er verbeugte sich und verließ freudetrunken den Raum. Er schwebte den Weg zum Archiv zurück, beherrscht vom Gedanken, daß von nun an Hamza as-Suwaifi aus seinem Leben wich, in den Schatten trat, sich im finsteren Abseits zu Safan Basjuni gesellte. Von Stund an läge seine, Osmans, Zukunft in den Händen Seiner Exzellenz, abgesehen von Gott dem Allmächtigen. Hüte dich, sagte er sich, vor dem eintönigen Werdegang, ein Sprung oder gar Sprünge müssen her. Denk dran, ermahnte er sich, daß Safan Basjuni die Hälfte seiner Dienstjahre auf immer der gleichen Stute verbrachte, bis er schließlich pensioniert wurde. Natürlich, es gab in der Verwaltung zwei Vize-Ministerialdirektoren, aber der Weg dorthin war nur über die Stelle von Hamza as-Suwaifi zu schaffen. Entweder wurde sein Platz durch Beförderung frei oder durch Pensionierung oder ... durch Tod.

Angesichts eines solchen Gedankengangs zürnte er, wie so oft, sich selbst, und so flehte er demütig zu Gott, ihm zu vergeben und zu verzeihen. Warum nur, fragte er sich, sind wir als dermaßen verdorbene Kreaturen geschaffen? Selten war er mit sich und seinem Charakter zufrieden, doch was konnte er anderes tun, als sich in das zu schicken, was war. Auf beiden Seiten seines geheiligten Wegs brandeten die Wellen von Gut und Böse, aber nichts konnte seiner Heiligkeit Abbruch tun als Schwäche, Mattheit, Genügsamkeit, Hingabe an seichtes Vergnügen und flüchtige Tagträume. »Vergib mir, o du Allmächtiger, die Schuld, den Ruhm zu lieben, hast du selbst mir dieses Verlangen doch eingegeben«, flüsterte er, um sich gleich darauf entschlossen die Frage zu stellen, wie er den Herrn Ministerialdirektor von seinen Vorzügen überzeugen könnte. Das genau war das Problem. Wie und wann böte sich ihm die Gelegenheit, ohne Übertreten der Grenzen von Scham und Anstand Seiner Exzellenz einen Dienst zu erweisen? Wie konnte er der Gläubiger werden, statt als Schuldner dazustehen? Bei Hamza as-Suwaifi hatte er es doch auch geschafft. Wie konnte das unter Wahrung von Stolz und Würde bewerkstelligt werden? Was nicht ausschloß, daß die übertriebene Höflichkeit und zuckersüße Sprache, wie im offiziellen Rahmen üblich, nicht genutzt werden sollte. Mein Kampf, sagte er sich, ist ehrenhaft, und was ich fühle und denke, geht nur Gott etwas an.

Er war zutiefst davon überzeugt, daß Gott den Menschen für Stärke und Ruhm geschaffen hatte. Leben war Stärke. Bewahrung des Lebens war Stärke. Beharrlichkeit war Stärke. Das himmlische Paradies war nur mit Stärke und Kampf zu erreichen.

Seine Chance kam, als Seine Exzellenz der Ministerialdirektor, sein Name war Bahgat Nur, mit dem Nil-Orden ausgezeichnet wurde. Er verfaßte einen Glückwunschartikel, und die Zeitung, für die er gewöhnlich übersetzte, zeigte sich bereit, ihn zu veröffentlichen. Er pries die Tugenden des Mannes – Klugheit, hohe Sittlichkeit, tiefe Religiosität, administrative Begabung, aufopfernde Vorbildlichkeit. Er schrieb, daß dieser Mann das beste Beispiel dafür sei, daß ein ägyptischer Direktor das verwirklichte, was einst unmöglich schien – den Platz eines Engländers einzunehmen.

Als er am darauffolgenden Tag den einzigartigen Raum betrat, um die Post vorzulegen, lächelte Seine Exzellenz zum ersten Mal und sprach: »Danke, Herr Bajumi.«

Osman verbeugte sich und sagte: »Der Dank gebührt Gott, Euer Gnaden.«

»Ihr Stil ist beneidenswert.«

Ach, nicht nur der höllische Wein trübte die Sinne. Zwar ging der Rausch vorbei, doch was folgte, war Katzenjammer. Die Tage flogen vorüber, schneller und schneller. Die Zeit, daran erinnerte er sich, hatte er ausgesetzt; den Raum, das Hussain-Viertel, als abstrakten Begriff verstanden. Die fünfte Stufe? Was war das schon für einen Mann mittleren Alters. Ein Mann, der den Kopf in die Höhe reckte, als gelte es, den Polarstern zu sichten, sperrte sich ein in ein kleines, mit Büchern vollgestopftes Zimmer, leistete sich nur an Feiertagen Hammelkopf und Kebab, Köstlicheres kannte er nicht, und genoß als einzige Freude im Leben billigen Wein und die Negerin Kadrija, und das auch noch in einem schäbigen Raum.

Oh, es verlangte ihn nach menschlicher Wärme, nach Frau und Familie. Er ertrug es nicht länger, einsam und allein zu verbrennen. Nach nichts stand ihm mehr der Sinn, als auf dieser Erde, vollgestopft mit Millionen, einen einzigen Gefährten zu finden.

17

Er lud Umm Husni zu Besuch ein, bereitete eigenhändig auf dem Spirituskocher einen Kaffee für sie. Da sie offensichtlich spürte, daß er etwas Wichtiges mitteilen wollte, aber vor lauter Aufregung nicht sprechen konnte, sagte sie erwartungsvoll: »Du hast mich gerufen, weil dich etwas bedrückt. Gott sei mein Zeuge, daß ich letzte Nacht geträumt habe ...«

»Vergiß es, Umm Husni, darum geht es jetzt nicht. Ich will eine Frau.«

Ihr Gesicht strahlte vor Freude. »Na endlich, was für ein herrlicher Tag!« rief sie.

»Ich will eine Frau, die zu mir paßt.«

»Ach, davon gibt's Dutzende.«

»Damit du mich richtig verstehst – ich stelle bestimmte Bedingungen.«

»Ich kenne Jungfrauen, Geschiedene, Witwen, reiche und solche, die ihren Lebensunterhalt verdienen müssen ...«

»Unser Viertel, die ganze Gegend hier, kannst du vergessen.«

Verwirrt sah sie ihn an. »Was meinst du damit, mein Junge?«

»Ich will eine Braut, die aus einer angesehenen Familie kommt.«

»Wie wär's mit Meister Hassuna, dem die Mühle gehört?«

»Hör auf mit dem Viertel«, rief er ungeduldig. »Ich will etwas wirklich Anständiges.«

»Du meinst ...«

»Ja, bedeutende Leute, hohe Beamte, Politiker ...«

Verblüfft starrte sie ihn an, als spräche er von einem anderen Planeten.

»Wie es scheint, hast du da nichts zu bieten!?«

»Da hast du dir etwas Seltsames ausgedacht, mein Junge«, stammelte sie verzweifelt.

»Und wenn schon.«

»Meinerseits sehe ich da keine Möglichkeit, aber ich kenne Umm Zainab, die sich in al-Hilmija als Brautwerberin betätigt.«

»Such sie auf, und wenn sie Erfolg hat, bekommst du so viel, als hättest du alles allein bewerkstelligt.«

Sie lachte auf. »Und das bei Ihrem Geiz, werter Herr.«

»Wie ungerecht, Verehrteste. Ich verspreche es, bei meiner seligen Mutter.«

»Gott der Herr wird's schon richten.«

»Ich brauche keine Jungfrau, meinetwegen kann es eine Witwe, Geschiedene, alte Jungfer sein. Ich bin nicht auf Schönheit aus, mich interessieren weder Alter noch Vermögen, sie muß nur annehmbar sein.«

Umm Husni nickte verwirrt.

»Was meine Tätigkeit, Beförderungsstufe, Ausbildung betrifft, kann aufs Ministerium verwiesen werden, was aber ...«, er hielt einen Moment inne, »was meine Familie angeht, könnte man sagen, daß mein Vater zum Beispiel Kaufmann war. Zieht man bei solcher Gelegenheit genauere Erkundigungen ein?«

»Aber ja! Gott sei deinen armen Eltern gnädig.«

»Sei's drum, meine Persönlichkeit spricht auf jeden Fall für mich. Laß es uns also versuchen.«

Die nächsten Tage verbrachte er in bedrückter Erwartung. Wann immer er Umm Husni aufsuchte, empfahl sie ihm, sich zu gedulden. Während er sich in Gedanken die unterschiedlichsten Gründe ausmalte, warum sich die Angelegenheit verzögerte, war sein Herz in tiefste Finsternis getaucht. Immer öfter suchte er das Grabmal al-Hussains auf.

Eines Tages erschien Hamza as-Suwaifi nicht im Büro. Wie es hieß, mußte er wegen zu hohen Blutdrucks das Bett hüten. Gerade jetzt herrschte aber eine angespannte Situation – der neue Haushaltsplan mußte vorbereitet werden, und daß ausgerechnet der Abteilungsleiter fehlte, machte alles noch schlimmer. Osman stattete dem Kranken einen Besuch ab, verweilte längere Zeit an seinem Bett und legte ein solches Mitgefühl an den Tag, daß Herr as-Suwaifi voll des Lobes und guter Segenswünsche für ihn war. Plötzlich fiel Osman ein, daß er Safan Basjuni nie mehr besucht hatte. Er wußte nichts von ihm, hatte nie wieder etwas gehört, gerade so, als hätte der Mann das Zeitliche gesegnet.

»Erholen Sie sich, kommen Sie wieder völlig zu Kräften«, ermahnte er Hamza as-Suwaifi. »Stehen Sie erst auf, wenn es Ihnen wirklich gut geht. Und was die Arbeit betrifft, machen Sie sich keine Gedanken. Die Kollegen und ich stehen zu Ihren Diensten.«

Der Herr Direktor dankte ihm, nicht aber ohne besorgt zu seufzen: »Der Entwurf des Haushaltsplans ...«

»Der wird gemacht, so Gott will«, erwiderte er überzeugt. »Die Kollegen sind alle Ihre Schüler und haben dank Ihrer Anleitung gelernt, was zu tun ist.«

Trotzdem gab es im Ministerium viel Gerede über den Kranken und seinen Zustand. Es hieß, daß Herr as-Suwaifi möglicherweise gezwungen sei, in Pension zu gehen, zumindest aber auf die leitende Stellung verzichten müßte. Osman hörte sich alle Gerüchte aufmerksam an, und insgeheim klopfte sein Herz freudig – ein Umstand, der ihn wie üblich beunruhigte und mit sich hadern ließ, gleichzeitig aber auch seine Träume anheizte. Inmitten all der Aufregung ließ der Ministerialdirektor den Beschluß verkünden, daß eine neu zu bildende Kommission unter Vorsitz von Osman Bajumi den Haushaltsentwurf ausarbeiten solle. Was diese herausgehobene Stellung bedeutete, konnte niemandem verborgen bleiben. Gewiß, keiner zweifelte an Osmans Kompetenz; was das betraf, mußte jeder anerkennen, daß der Beschluß klug und richtig war. Trotzdem zerriß man sich das Maul darüber, ob es nicht vielleicht doch, schon um der Form Genüge zu tun, besser gewesen wäre, den Vize-Direktor mit dem Vorsitz zu betreuen. Er aber stürzte sich in die Arbeit und setzte alle Kraft daran, einen Entwurf vorzubereiten, der ohne Fehl und Tadel war. All seine Fähigkeiten konnte er nun unter Beweis stellen – beim Einteilen der Aufgaben, bei der Kooperation, bei der Verarbeitung der gelieferten Daten aus den anderen Abteilungen, und obendrein übernahm er selbst noch die abschließende Bilanzierung und die Formulierung der Haushaltserklärung. Die Arbeit erforderte den unmittelbaren Kontakt zu Seiner Exzellenz dem Ministerialdirektor, und das hieß nichts anderes, als täglich eine Stunde, manchmal auch zwei Stunden, mit ihm zusammenzutreffen. Das brachte es mit sich, daß anstelle von Förmlichkeit Vertrautheit im Umgang einsetzte. Einmal dauerte die Besprechung sogar vier Stunden, und da ließ Seine Exzellenz Kaffee für ihn kommen und bot ihm eine Zigarette an, die er aber, mit der Entschuldigung, Nichtraucher zu sein, dankend ablehnte. O ja, das waren Tage, die sein Herz voller Glück, Stolz und Hoffnung erfüllten. War der Herr Ministerialdirektor mit seiner Arbeit zufrieden, dann lag auch Gottes Wohlgefallen auf ihm, und die Welt lachte ihm zu. Als die von ihm entworfene, mustergültige Haushaltserklärung die ungeteilte Bewunderung des Herrn Ministerialdirektors fand, hatte er das Gefühl, den Gipfel höchsten Triumphs erreicht zu haben.

An dem Tag, als die Kommission zum letzten Mal zusammentrat, kehrte Hamza as-Suwaifi ins Büro zurück. Osman zeigte sich erfreut, umarmte ihn und wünschte ein langes Leben. »Gott sei Dank, daß Sie wieder gesund sind. Ohne Sie fühlten wir uns wie verloren.«

»Was ist mit dem Haushaltsplan?«

»Ist erledigt, und die Erklärung ist auch geschrieben. Beides liegt jetzt Seiner Exzellenz zur Einsicht vor, so daß Sie morgen oder übermorgen die Unterlagen zur Verfügung haben. Aber wie geht es Ihnen? Was macht die Gesundheit?«

»Dem Herrn sei's gedankt, gut. Man hat mir Schröpfköpfe angesetzt und eine strenge Diät auferlegt. Bei Gott liegt alles, Anfang und Ende.«

»Gott wird's schon richten. Eine kleine Sommerwolke, und schon ist alles wieder gut.«

In seinen langen Dienstjahren hatte er sich an die Spaltung seiner Persönlichkeit und die damit verbundenen charakterlichen Leidenskrisen gewöhnt. Er hatte sich auch darauf eingestellt, daß es von Zeit zu Zeit Schocks gab, und zwar erwartete und unerwartete, wie gerade diesen hier – die Rückkehr von Herrn as-Suwaifi. Ein Gefühl von Mattheit bemächtigte sich seiner, das schon fast an Verzweiflung reichte. Seine Nerven drohten zu reißen, und deshalb trieb ihn die Anspannung dazu, den Mund aufzumachen, als in der Rechtsabteilung eine Stelle mit vierter Beförderungsstufe frei wurde. Zum ersten Mal nutzte er das Wort, um auf sich aufmerksam zu machen, nachdem er bisher immer seine Taten und Dienste für sich hatte sprechen lassen. Dank der günstigen Atmosphäre, die die häufigen Treffen zwischen ihm und dem Ministerialdirektor geschaffen hatten, wagte er zu sagen: »Wenn Euer Gnaden sich möglicherweise einverstanden erklärte, meine juristischen Kenntnisse in der Rechtsabteilung genutzt zu sehen ...«

Die Antwort kam umgehend und sehr entschieden: »Auf keinen Fall. Die Rechtsabteilung ist einigen ausgewählten, privilegierten Mitarbeitern vorbehalten, jegliche Konfrontation ist zu vermeiden.«

Ah, wieder die gleiche Geschichte, wie bei der Braut, auf die er endlos wartete. Wut packte ihn, doch unterwürfig murmelte er: »Wie Euer Gnaden meinen.« Er zog sich in Richtung Tür zurück, da hieß ihn die Stimme des Herrn Ministerialdirektor verharren. »Ich habe vorgeschlagen, daß die Stelle des Archivdirektors im neuen Haushaltsplan auf die vierte Stufe gesetzt wird.«

Er drehte sich um, machte einen weit ausholenden Schritt und verbeugte sich, so tief, daß seine Stirn auf die Kante des Schreibtischs zu stoßen drohte.

18

Kein Zweifel, er hatte einen erfreulichen Sprung nach vorn gemacht. Wenn das Glück diesen Schnitt beibehielte, wäre das Ziel in zwölf oder fünfzehn Jahren zu erreichen. Es blieben ihm dann noch etliche Jahre, um als Ministerialdirektor an der Spitze zu stehen. Dafür mußte er wohl die Heiratsvermittlung, die diese Umm Zainab übernommen hatte, als gescheitert ansehen. Kein Zweifel, den Heiratsantrag eines Archivdirektors konnte man mühelos ablehnen, der Antrag eines Verwaltungsleiters wurde eventuell akzeptiert, aber zählte man zu den Exzellenzen, dann war es schier unmöglich, nein zu sagen, selbst wenn es sich um einen alten Trottel handelte.

Aber ach, unzählig viele Gründe gab es, warum er heiraten wollte. Er würde Beistand finden, dem Herzen bliebe die kalte Trostlosigkeit erspart, er litte nicht mehr unter den Qualen der Einsamkeit, und sein gottesfürchtiges Gewissen wäre beruhigt, weil er nicht mehr die Sünde des

Junggesellenlebens beginge. Nun ja, Kadrija linderte ein wenig die Spannung, die das Leben brachte, aber abgesehen davon, daß sie das Gefühl der Schande noch verstärkte, war sie nicht imstande, Zärtlichkeit, Wärme und menschliche Zuneigung zu spenden. Das einzige, woraus ihm Trost erwuchs, waren Arbeit, Bildung und Sparen.

Wann immer er unter dem asketischen Leben litt, sagte er sich, daß so und nicht anders die rechtgeleiteten Kalifen gelebt hatten.

Eines Tages stand vor seinem Schreibtisch plötzlich Safan Basjuni – mager und verfallen, wie ein Geist, der vom Leben Abschied nahm. Beschämt und verlegen, weil er den Mann schändlich vernachlässigt hatte, sprang er auf, um ihn zu begrüßen. Betont herzlich bot er ihm einen Stuhl an. »Wie macht es mich glücklich, Sie zu sehen.«

Der alte Mann rang mühsam nach Atem, bevor er leise herausbrachte: »Ich habe Sie sehr vermißt.«

»Verfluchte Arbeit, verfluchte Familie und was dranhängt!« rief Osman in verzweifelter Reue. »Es tut mir unendlich leid, lieber Freund.«

»Ich bin krank, Osman«, klagte der Alte.

»Ach, keine Angst, das wird schon wieder. Soll ich einen Kaffee bringen lassen?«

»Nein, nichts. Ich darf nichts mehr, ist alles verboten.«

»Gott der Herr wird Sie wieder gesund und munter machen.« Die Situation war ihm peinlich, er fühlte sich bedrängt. Wie konnte er nur diese unangenehme Begegnung möglichst schnell beenden?

Safan Basjuni starrte einen Moment schweigend vor sich hin, bevor er demütig und beschämt murmelte: »Ich brauche dringend drei Pfund.« Er würgte. » ... Für die Behandlung.«

Osman, vom Schock gepackt, erbebte. Er sah, daß eine Gefahr auf ihn zukam, die ihn gnadenlos zerstören würde. Hitzig, als wären ihm Verfolger auf der Spur, stieß er hervor: »Ach, wie unangenehm, wie abscheulich! Nie hätte ich geglaubt, wirklich niemals, Ihnen eine Bitte abschlagen zu müssen, vor allem nicht diese. Lieber stehle ich das Geld irgendwo zusammen, als Ihnen diese Bitte abzuschlagen.«

Der alte Mann schluckte beschwerlich, bevor er niedergeschlagen flüsterte: »Vielleicht wenigstens ein Pfund?«

»Aber, mein Bester, glauben Sie mir etwa nicht? Bei Gott, wenn ich mich nicht so schämte, nicht diese abgrundtiefe Scham fühlte, würde ich Ihnen gestehen ...«

Safan Basjuni brach vor Verzweiflung in sich zusammen, schwebte in Gedanken in irgendwelchen Gefilden. Schließlich stand er unbeholfen auf und sagte: »Ich glaube Ihnen. Möge Gott Ihnen helfen, möge er sich uns allen freundlich zeigen.«

Mit Tränen in den Augen reichte Osman ihm die Hand – echte Tränen, keine vorgetäuschten, geronnener Brodem des im Innern heftig entfachten Kampfes. Beinahe wäre er dem alten Mann hinterhergelaufen, doch er rührte sich nicht von der Stelle, ließ ihn gehen. Zurückgekehrt an den Schreibtisch, seufzte er: »Ach, wieviel Leid es gibt!« Und leise fügte er hinzu: »Aus Stein oder Eisen müßte man sein, um dieses Leben zu ertragen.« Wenig später murmelte er: »Der Weg ist lang, sehr lang. Mein einziger Trost ist, daß mir das Leben, Gottes Geschenk, heilig ist und ich nicht verächtlich damit umgehe.«

Noch in derselben Woche erfuhr er, daß Safan Basjuni gestorben war. Er war zutiefst erschüttert, obwohl dessen Tod zu erwarten gewesen war. Groß war der Schmerz, so groß, daß er sich innerlich anschrie: ›Hör auf zu leiden, du hast schon genug zu ertragen!‹ Und leise fragte er sich, ob er, nur weil ihn die anderen beneideten, deshalb etwa glücklich wäre. Doch was war Glück? »Das wahre Glück ist«, flüsterte er, »daß Gott existiert. Ob wir nun ...«, seine Stimme wurde lauter und entschiedener, »ob wir nun leben oder sterben.«

19

Die Zeit war wie ein Schwert; zerbrichst du es nicht, dann bringt es dich um. Im Töten der Zeit war er ein Experte geworden, aber würde er auf Dauer ihrer scharfen Schneide widerstehen können? Gestern war ein junger Beamter zu ihm gekommen, um etwas Persönliches mit ihm zu bereden. Bevor er auf die Sache zu sprechen kam, sagte er: »Entschuldigen Sie, Herr Direktor, aber ich sehe Sie als meinen Vater oder großen Bruder ...« Das klang ihm so seltsam, daß er zunächst dachte, der junge Mann machte sich über ihn lustig. Er und Vater! Andererseits, könnte er nicht tatsächlich einen Sohn in dessen Alter haben? Warum nicht? Jedenfalls hatte er immer reichlich damit zu tun, die Zeit zu töten.

Eines Tages erklärte Umm Husni: »Dieses Mal ist es eine Schulleiterin.«

Vor Freude erbebte er so stark, daß er sie nicht verhehlen konnte. Eine Direktorin gab eine passable Ehefrau ab. Aber brauchte er nicht eine, die ihn »nach oben« brachte?

Dennoch konnte er seiner Neugierde nicht widerstehen und fragte: »Ist sie alt?«

»O nein, ein blühendes Weib. Höchstens fünfunddreißig Jahre.«

»Verwitwet oder geschieden?«

»Jungfräulich, wie Gott sie erschaffen hat. Lehrerinnen war es dazumal nicht erlaubt zu heiraten, wie du weißt.«

Es konnte nicht schaden, sie sich anzusehen. Und so geschah es – er begegnete ihr in as-Sajjida. Von Figur und Aussehen her war sie akzeptabel. Sie war ähnlich aufregend wie Frau Sanija. Nun gut, er hatte sie sich angeschaut und wußte, daß auch sie ihn gesehen hatte.

Bei der nächsten Gelegenheit sagte Umm Husni: »Sie wird dich keinen einzigen Millim kosten.«

Da wußte er, daß er vor ihren Augen bestanden hatte. Mehr noch, sie war bereit, für ihre Ausstattung und den Hausrat zu sorgen, so daß er sich höchstens um Kleinigkeiten kümmern mußte.

»Ring, Schleier und ein paar Utensilien, und dann kann ich dir gratulieren.«

»Nur Geduld ...«

»Eine Bedingung stellt sie, hundertfünfzig Pfund Kaution.«

Nun ja, das hörte sich alles hübsch an und entsprach voll und ganz seinen finanziellen Vorstellungen. Wenn es nicht um mehr ginge, als durch die Heirat die noch offene religiöse Pflicht zu erfüllen, dann wäre alles in Ordnung. Was aber würde aus den heiligen Dingen werden, die das Leben ihm abverlangte? Er versank in tiefe Grübeleien, sei es, daß er sich sein Alter bewußt machte, sei es, daß er der mystischen Eingebungen aus der Welt des Unbekannten gedachte, sei es, daß ihm alles höhnisch, grausam, verräterisch vorkam, sei es, daß er es vermißte, noch nie den Duft der Rosen gerochen und den lieblichen Gesängen gelauscht zu haben, sei es, daß er all der Selbstkasteiung und des Ausgeschlossenseins überdrüssig war.

Schließlich und endlich riß er sich zusammen. Was sollte all das Grübeln und Sinnen? Nichts als Unsinn kam dabei heraus. So lange hatte er gewartet, da würde er doch jetzt nicht durchdrehen.

Es blieb der Wunsch, mit dieser Frau ein Verhältnis zu haben. Ein nicht abgesegnetes, versteht sich. Aber höchstwahrscheinlich würde er sich da eine noch striktere Abfuhr holen als bei Frau Sanija. Und selbst wenn sie sich darauf einließe, wäre das auch keine so glückliche Lösung, wie man denken könnte. Er müßte eine Wohnung mieten und sie irgendwie möblieren. Vor Schreck krampfte sich sein Herz zusammen. So kam es, daß ihm letztendlich ein schlichtes »Nein!« entfuhr.

»Das ist nicht dein Ernst!« kreischte Umm Husni.

»Ich sagte – nein.«

»Mein lieber Junge, du bist und bleibst mir ein Rätsel.«

Ein freudloses Lachen war die Antwort.

»Was willst du? Magst du keine Frauen?«

Wieder lachte er bedrückt. »Gott verzeih dir ...«

»Du machst mich traurig, mein Sohn.«

Trauer macht den Menschen heilig, dachte er. Sie ist es, die auf göttliche Freuden vorbereitet.

20

Unsija Ramadan tauchte in einem Moment auf der Bildfläche auf, da er, Osman, ein Opfer schwärzester, zermürbendster Gedanken war; sie überfielen ihn mit einer Gewalt, wie er es bis dahin noch nie kennengelernt hatte. Er fühlte sich verloren, umherirrend in sengend heißer, wüstengleicher Dürre. Er hatte nichts erreicht, was irgendwie von Wert war. Lang war das Hoffen, kurz das Leben, erbärmlich die Vergangenheit. Trotz aller insgeheim gehegten hehren Gefühle war er ein nichtswürdiger Typ. Sein Leben stand unter dem Wahrzeichen, in einem Almosengrab oder im Gefängnis zu landen. Der einzige Märtyrer, den es in seiner Familie gegeben hatte, war im Zeichen von Unterdrückung und Ungerechtigkeit aus dem Leben geschieden. Er, Osman, besaß keinen Freund, und zu den Gefährten der Jugend hatte er alle Verbindungen abgebrochen. Seine Kollegen achteten ihn, wie sie ihn beneideten; einen Freund gab es nicht. Der einzige Mensch, der sich manchmal zu ihm gesellte und mit ihm plauderte, war ein kleiner Angestellter in der Hussain-Moschee; der einzig romantische Anflug in seinem öden Dasein war eine Hure, eine halbe Negerin, in einem kahlen Raum.

Wozu war dieses Leben gut? Was für eine Bedeutung hatte es?

Da hatte er sich Gottes Ruhm geweiht, wollte einzig auf diesem Pfad wandeln, aber er versank in Sünde und watete Stunde um Stunde im Schmutz. Offenbar war er nicht imstande, dem Tod genügend Widerstandskraft entgegenzusetzen. Das Spiel war verloren.

Eingepfercht im glühenden Ofen, umzingelt von den lodernden Flammen seiner Hölle, wehte ins Archiv ein kühler Luftzug herein, einer, der nicht nur frisch duftete, sondern sowohl fürs Archiv als auch die gesamte Verwaltung ein absolutes Novum darstellte. Zum ersten Mal nahm hier eine junge Frau die Arbeit auf, noch dazu im Archiv. Dunkelhäutig, schlank, mit ebenmäßigen Gesichtszügen, schlicht gekleidet. Wie sie da vor seinem Schreibtisch stand, um sich vorzustellen, löste ihr Anblick nicht nur Verwirrung bei ihm aus, sondern er war auch verblüfft und gerührt. Als er sie bat, sich zu setzen, bemerkte er, wie sich zwischen den Reihen der Aktenschränke die Köpfe der Kollegen hervorstreckten. Sie kamen aus dem Staunen nicht heraus und konnten nicht glauben, was sie da sahen.

»Herzlich willkommen.«

»Danke. Mein Name ist Unsija Ramadan.«

»Freut mich. Wie es scheint, sind Sie recht jung?«

»Aber nein, ich bin schon achtzehn.«

»Wunderbar, sehr gut. Und welchen Abschluß haben Sie?«

»Das Abitur, naturwissenschaftlicher Zweig.«

»Schön, schön. Warum haben Sie nicht studiert?« Kaum war ihm die Frage herausgerutscht, bereute er sie. Nur zu gut erinnerte er sich noch an seinen ersten Tag, als er im Büro des Ministerialdirektors stand.

Verschämt antwortete das Mädchen: »Die Umstände zwangen mich, mit dem Abitur aufzuhören.«

Insgeheim verfluchte er diese und alle anderen Umstände und fand einzig Trost in dem Gedanken, daß der gleiche schreckliche Kummer sie beide verband. »Sie erinnern mich an meinen Anfang«, meinte er freundlich, »nur müssen Sie wissen, daß ich, als ich schon Beamter war, meine Ausbildung zu Ende gebracht habe. Geschlossene Türen sind dafür da, daß sie von Menschen mit hohem Streben geöffnet werden.«

Ein Schatten huschte über das Gesicht des Mädchens. »Aber die Gesellschaft, in der wir leben, ist roh und schlecht.«

Wie üblich fühlte er sich von solcherlei »revolutionären« Gedanken, die ihm fremd waren und von denen er nichts wissen wollte, bedroht und verfolgt. »Man sollte besser auf sich selbst bauen, statt die Gesellschaft anzugreifen«, hielt er entschlossen dagegen. »Gott geleitet uns als Einzelwesen, und einzeln zieht er uns auch zur Verantwortung. Sich mühsam zwischen Felsen seinen Weg zu suchen ist allemal besser, als von der Gesellschaft Almosen zu erbetteln. Wie es scheint, interessieren Sie sich für Politik oder für das, was man soziales Denken nennt?«

»Ich glaube daran.«

»Was heißt, daß Sie nicht an sich selbst glauben. Ich baue einzig und allein auf meinen festen Willen und auf Gottes weisen Ratschluß.« Da sie keinen Kommentar abgab und nur lächelte, verzog auch er freundlich die Lippen. »Ich werde Ihnen die Eingangspost übergeben, das ist für einen neuen Mitarbeiter das beste.«

»Danke, Herr Direktor.«

»Ich erwarte, daß Sie sich des in Sie gesetzten Vertrauens würdig erweisen.«

»Ich hoffe, Sie nicht zu enttäuschen.«

»Wenn es Unannehmlichkeiten mit den Kollegen gibt, zögern Sie nicht, mich umgehend zu informieren.«

»Hoffentlich kommt es nicht dazu.«

Mit der kurzen und knappen Bemerkung: »Eingänge«, übergab er sie einem Beamten, der sie einarbeiten sollte. Im sicheren Gefühl, daß im Archiv ein glücklicher Schritt hin zu einer lichten Zukunft erfolgt war, spürte er, daß es von nun an keine Leere mehr für Herz und Gemüt geben würde. Die Wolken trüber Erinnerungen klärten ein wenig auf, und statt dessen fielen ihm plötzlich die Frauen ein, die er kennengelernt hatte – Sajjida, Sanija, die Schuldirektorin Asila und Kadrija. O ja, die Welt der Frauen kannte in ihrer Vielfalt, Süße und Qual keine Grenze, doch was war das Ziel und was das Mittel – die Frau oder die Beförderungsstufe? Viele Männer kamen ohne eine Position aus, aber wer konnte schon ohne Frau leben?

In einem Alter wie dem seinen denkt der Mensch zweimal nach. Er war es überdrüssig geworden, immer nur Bücher um sich zu haben, und empfand gegenüber der Arbeit Mißbehagen. Es bedrückte ihn, von allem ausgeschlossen zu sein, ein karges Leben zu führen und obendrein noch gnadenlos von der Vergangenheit gejagt zu werden. In seinem Alter empfand ein Mann Einsamkeit und Verlassenheit intensiver, wurde das schlafraubende Warten auf einen schwer zu erreichenden Ruhm zur Last. Erst gestern hatte Hamza as-Suwaifi unter lautem Gelächter erklärt: »Na bitte, Sie Meister aller Finanzpläne, da haben wir ja das erste weiße Haar.«

Entsetzt, als hätte man ihn bei einem Verbrechen ertappt, war er zurückgewichen. »Vielleicht haben Ihre Augen Sie getäuscht, Herr Verwaltungsdirektor.«

»Soll der Spiegel das entscheiden, schauen Sie zu Hause nur mal richtig hin.«

Niedergeschlagen hörte er sich murmeln: »Das käme zu früh ...«

»Oder zu spät«, spaßte sein Vorgesetzter. »Ich war zehn Jahre jünger als Sie, da hatte ich schon graue Haare.« Er lachte herzlich, bevor er fortfuhr: »Gestern ging es bei einem Gespräch um Sie. Ein paar Kollegen und ich haben uns verwundert gefragt, wie Sie wohl leben. Man trifft Sie nicht auf der Straße, sieht Sie in keinem Café, auf keiner Feier, wo also verbringen Sie Ihre Zeit? Er ist nicht verheiratet, hieß es, also wozu lebt er? Er interessiert sich für nichts, was die Menschen normalerweise angeht, was also kümmert ihn überhaupt in diesem Leben?«

Er lächelte müde. »Tut mir leid, daß ich Sie beschäftigt habe.«

»Sicher, Sie sind ein fähiger und ausgezeichneter Mitarbeiter, aber Sie sind rätselhaft und unergründlich. Gibt es irgend etwas, das Sie interessiert?«

Angesichts des zähen, unerbittlichen Fragens fühlte er sich bedrängt; sein Herz raste. »Da ist nichts, was geheimnisvoll wäre, Hamza Bei. Ich bin ein Mann, dem die Arbeit das Liebste ist und der Dienst an Gott als Höchstes gilt.«

»Von Gott kommt alles Wohl. Ich hoffe, Sie mit meinem Gerede nicht belästigt zu haben. Wichtig ist, daß der Mensch mit sich zufrieden ist.«

Zufrieden? Ja, wie denn? Schon zeigten sich die ersten Vorboten von Weißhaarigkeit. Jedes noch so ruhmreiche Leben endete genauso wie ein bedeutungsloses, einfältiges Leben. Wieviel Zeit blieb ihm noch?

21

Einmal bemerkte Hamza as-Suwaifi nebenbei: »Glück ist das einzige, auf das es im Leben ankommt.«

Bemüht, die im Innern aufwallende Verachtung nicht zu zeigen, erwiderte Osman: »Wenn das stimmte, hätte unser Herrgott nicht zugelassen, daß unsere Vorfahren aus dem Paradies vertrieben wurden.«

»Was sonst sollte das Ziel sein?«

»Der geheiligte Weg«, erwiderte er im Brustton der Überzeugung.

»Und was ist ›der geheiligte Weg‹?«

»Der Weg des Ruhms, die Verwirklichung der göttlichen Macht auf Erden.«

Verblüfft starrte Hamza as-Suwaifi ihn an. »Wollen Sie die Welt beherrschen?«

»Das trifft es nicht. Bei allem Tun gibt es ein göttliches Zentrum ...« Da er merkte, daß der andere ihn seltsam ansah, bereute er seine Worte. Der hält mich für verrückt, dachte er.

Im Haus ging das Gerücht um, daß Seine Exzellenz der Ministerialdirektor, Herr Bahgat Nur, in ein anderes Ministerium versetzt werden würde. Osmans Herz machte vor Schreck einen solchen Satz, daß er glaubte, es würde ihm aus der Brust springen. Er hatte das Unmöglichste getan, um dessen Vertrauen zu erringen; wann würde er das bei dem Neuen, völlig Unbekannten wieder schaffen?

Aber dann stellte sich heraus, daß das Gerücht falsch war.

Eines Tages überreichte ihm Seine Exzellenz einen Pakken Papier. »Das ist die Übersetzung eines Buchs über den Khediven Ismail. Ein halbes Jahr habe ich dafür gebraucht.«

Interessiert blätterte Osman in dem Manuskript herum.

»Es liegt mir viel daran, daß Sie es sich ansehen. Ihr Stil ist wirklich einzigartig.«

Er nahm den Auftrag unendlich beglückt entgegen und stürzte sich mit voller Kraft und äußerster Sorgfalt in die Arbeit. Nach einem Monat überreichte er die überarbeitete Fassung dem Herrn Ministerialdirektor – eine glänzende Arbeit. Auf solch einen Dienst war er lange begierig gewesen, stand doch Seine Exzellenz nun in seiner Schuld. Von da an wurde er bei jeder Begegnung mit einem freundlichen Lächeln bedacht, eine Gunst, die selbst den nächsten Vertrauten nicht zuteil wurde.

Trotzdem setzte ihm die Angst wie Peitschenhiebe zu. Die Zeit lief ihm davon, verschwand irgendwo am fernen Firmament und ließ ihn und sein geheiligtes Begehren in der Ödnis allein zurück. Als seine Geduld schier erlöscht war, lief er zu einer halb ägyptischen, halb europäischen Wahrsagerin in at-Taufikija, die aus dem Kaffeesatz las. Sie nahm ihm die Tasse ab, starrte auf den Grund. Neugierig, aber auch verlegen beobachtete er sie. Er hätte es sich nicht gestatten dürfen, zu solchem Aberglauben zu greifen.

»Mit Ihrer Gesundheit steht es nicht zum besten«, erklärte die Frau.

Körperlich war zweifelsohne alles in Ordnung, aber seelisch ging es ihm schlecht. Vielleicht hatte die Frau doch recht.

»Sie werden eine Menge Geld bekommen, allerdings kraft enormer Anstrengungen.«

Auf Geld war er nicht aus, auch wenn er darauf bedacht war, jeden Millim zurückzulegen. Aber vielleicht meinte sie Gehaltserhöhungen bei Beförderung, die bislang noch der Welt des Unbekannten verhaftet waren.

»Ein Feind von Ihnen begibt sich auf einen Weg, von dem er nicht zurückkehren wird.«

Feinde gab's jede Menge. Sie versteckten sich hinter falschem Lächeln und honigsüßen Worten. Drei Leute standen ihm im Weg – ein Abteilungsleiter mit der dritten Stufe, einer mit der zweiten Stufe und der Direktor mit der ersten Stufe. Sie waren seine Freunde, sie waren seine Feinde – anders ließ es das Leben, erhaben und grausam in seinem Willen, nicht zu.

»In Ihrem Leben gibt es zwei Ehen.«

Keine einzige hatte er zustande gebracht. Nun ja, das war die Strafe für Leute mit Wahnvorstellungen, die bei abergläubischem Unsinn Zuflucht suchen.

Als er sich auf dem Heimweg befand, mußte er an Unsija Ramadan denken. Sie sah jetzt viel gesünder aus, kleidete sich auch eleganter; bei armen Leuten machte sich eine gute Anstellung im Nu bemerkbar. Ihr gegenüber war er ein sanfter Chef, eine menschliche, zarte, artige Beziehung verband sie miteinander, von der er nicht so recht wußte, wie er sie bezeichnen sollte. Jedenfalls konnte er sich das Archiv nicht mehr ohne Unsija und ihren frischen Duft vorstellen.

Kaum hatte er sein Zimmer betreten, stellte sich Umm Husni ein. »Frau Asila ist bei mir«, verkündete sie und setzte dabei eine so bedeutsame Miene auf, daß er lächeln mußte.

»Die Direktorin?«

»Ja. Sie möchte dich um Rat bitten ...«

Auf der Stelle war ihm klar, daß die Frau nur gekommen war, um ihn einzuwickeln. Der natürliche Trieb, der im Innern lauerte, ermunterte ihn, sich auf das Abenteuer einzulassen. Zum ersten Mal schüttelte er Frau Asila die Hand. Sie trug ein blaues Kleid, das Halsansatz und Oberarme frei ließ und ihre körperlichen Reize durchaus hervorhob. Gleichgültig, ob sie nun echte oder erfundene Gründe für den Besuch hatte, bot sie sich ihm jedenfalls an. Und tatsächlich, sie erregte ihn ebenso wie Sanija und Kadrija. Alle drei waren von gleicher Machart: appetitlich und aufregend, aber nichts zum Heiraten.

»Ich werde mich um den Kaffee kümmern«, erklärte Umm Husni und ging hinaus. Geht's ans Verheiraten, dachte er, schlägt sie immer die gleiche Taktik ein. Da saßen sie nun also beide auf dem Sofa, nur durch ein Kissen getrennt. Er hob den Kopf, glättete den Schnurrbart und warf einen Blick auf ihre stämmigen Beine. Sie trug Schuhe mit flachem Absatz, die Männerschuhen nicht unähnlich waren. »Habe die Ehre, meine Dame ...«

»Die Ehre ist ganz meinerseits.«

Die Hände lagen im Schoß, die Finger waren ineinander verschlungen. Als sie mit fester Stimme zu sprechen anhob, war ihm das Beweis genug für ihre Fähigkeit, die Situation zu meistern.

»Ich würde Sie gern etwas fragen …«

»Aber bitte.«

»Ich besitze ein Stück Land, wurde aber enteignet. Bestimmt verstehen Sie etwas davon?«

»Natürlich.«

»Die geplante Straße wird den größten Teil des Grundstücks einnehmen, aber es bleiben Teile übrig, die von keinem Nutzen mehr sind.«

»Ich bin überzeugt, daß das bei der Werteinschätzung, die als Grundlage der Entschädigung dient, berücksichtigt wird.«

»Aber wie Sie wissen, sind solche Verfahren äußerst kompliziert.«

»Keine Sorge, verlassen Sie sich auf mich.« Je stärker er sich der Stärke ihrer Persönlichkeit bewußt wurde, desto mehr zweifelte er daran, sie verführen zu können. Sie war auf Heirat aus, und in der Tat war sie nur deshalb gekommen. Daß sie sich mit einem illegalen Verhältnis begnügen würde, schien völlig abwegig zu sein. Umm Husni kam zurück. Beim Kaffeetrinken herrschte absolute Stille. Wahrscheinlich wäre diese Frau in mancherlei Hinsicht eine gute Ehefrau, trotzdem war sie nicht das, was er wollte. Plötzlich senkte sich vom Himmel Unsija Ramadans Bild herab und machte sich genau zwischen ihm und Frau Asila breit, die im Handumdrehen in nichts aufgelöst und verschwunden war. Seit seiner Romanze am alten Brunnen hatte sein Herz nichts stärker zum Erbeben gebracht als dieses junge Mädchen. Kaum daß ihm die Phantasie einen frischen Duft vorgaukelte, flammten die edelsten Gefühle auf; die angespannten Nerven waren besänftigt und das Gemüt heiter gestimmt. Als Frau Asila gegangen war, fühlte er Umm Husnis gespannten Blick auf sich liegen. Offenbar wollte sie sich des Erfolgs ihrer lebenswichtigen Mission vergewissern, der sie mit ganzer Kraft und aus tiefster Überzeugung nachkam. Umm Husni betete alles, was mit Ehe, Nachwuchs, Heirat zusammenhing, geradezu an, und sie konnte Gott nicht genug für das Wunder der Liebe preisen, das er erschaffen hatte.

Als ihr das Schweigen zu lange dauerte, fragte sie hoffnungsvoll: »Vielleicht hast du deine Meinung geändert?«

»Warum sollte ich?«

»Ja, siehst du denn nicht, daß diese Frau schön wie der Mond im ersten Morgenlicht ist?«

Er hockte unbeweglich da, weigerte sich hartnäckig, die freundlich ausgestreckte Hand zu ergreifen.

Gekränkt murmelte sie: »Das Sprichwort sagt ...«

Noch bevor sie aussprechen konnte, ging er aus dem Zimmer. Was für ein Jammer. Wenn ihm nicht eine respektable Heirat zu Hilfe kam, war alle Mühe umsonst gewesen und jegliche Hoffnung zerstört, und das, obwohl er die Hälfte des Wegs schon hinter sich gebracht hatte. Sein Leben war zur Zielscheibe unzähliger Fragereien und Nörgeleien geworden. Etliche fragten sich, warum er nicht verheiratet war, Kinder hatte, Freundschaften schloß und sich auf sie einließ; andere rätselten herum, warum er so verschlossen war, nichts von dem wissen wollte, was um ihn herum geschah, obwohl angeblich Dinge passierten, die die Leute dermaßen aufbrachten, daß sie selbst ihr Leben riskierten. Und was war es, das sie dauernd beschäftigte und ihre Herzen gefangenhielt? Was für Sorgen brachten ihre hitzigen Diskussionen, die sie ihre Arbeit vernachlässigen ließen, zum Vorschein? Ununterbrochen war von Kindern, Krankheiten, Essen, Regierungssystem, Klassenkampf, Parteien die Rede, man ließ Weisheiten und Sprichwörter ab und riß Witze. Nein, diese Menschen lebten nicht das wahre Leben, sie traten vor der heiligen Pflicht die Flucht an. Sie scheuten davor zurück, sich auf den furchtbaren Wettlauf von Zeit und Ruhm und Tod einzulassen und Gottes Wort, das sich dem Unwürdigen verschloß, zu verwirklichen.

22

Unsija Ramadan erschien mit ihrem monatlichen Postbericht. Es war der Morgen eines herbstlichen Tages, und die feuchte, kühle Luft erfüllte das Gemüt mit süßer Schwermut. Sein Blick wanderte hin und her zwischen den Tabellen und Unsijas Fingern, die locker gespreizt auf der Schreibtischkante lagen. In der anderen Hand hielt sie etwas, das sich bewegte. So kam es ihm jedenfalls vor. Das Ding rückte mal näher, mal ferner; es war eine sachte Bewegung und so gewandt, daß man glauben konnte, es handelte sich um ein geheimes Losungswort. Tatsächlich, es war eine kleine Schachtel. Sie schob das Ding geschickt unter den Tintenlöscher, allerdings erst, als sie sich vergewissert hatte, daß er den Gegenstand ausgemacht hatte.

»Was ist das?« fragte er mit gedämpfter Stimme und reagierte damit instinktiv auf das Vorsichtige, Geheimnisvolle ihrer Bewegung. Er hob den Tintenlöscher an: Ein silbernes Döschen, halb so groß wie die Handfläche, kam zum Vorschein. Wieder fragte er: »Was ist das?«

Sie wurde purpurrot. »Ein kleines Geschenk«, flüsterte sie.

»Geschenk? Wieso?«

»Weil es ein besonderer Tag ist.«

»Ach ja?« Mehr brachte er vor lauter Verblüffung und Aufregung nicht heraus.

»Ja, wissen Sie es denn nicht?«

»Was?«

»Heute ist Ihr Geburtstag.«

Eine Woge heißer Freude brach über ihn herein. O ja, heute war sein Geburtstag, oder genauer gesagt, es war das Datum, das mit seiner Geburt zu tun hatte. Ein Tag wie jeder andere. Manchmal, Tage vorher oder später oder am Tag selbst, fiel ihm das Datum auf, aber das war ohne jede Bedeutung, es sei denn, daß er sich noch mehr Sorgen um die Zukunft machte. Gefeiert hatte er diesen Tag noch nie. Weder er noch sonst jemand in seinem Viertel kannte diesen Brauch. Und nun kam sie, Unsija, und brachte die Botschaft neuer Traditionen. Mehr noch, neu waren auch das keusche Manöver, Gewogenheit zu bezeugen und die unglaubliche Fähigkeit, Tore der Gnade zu öffnen. »Um ehrlich zu sein, ich kümmere mich nicht um meinen Geburtstag.«

»Seltsam.«

»Warum haben Sie sich damit belastet?«

»Es ist doch nur ein bescheidener Gruß.«

»Ich weiß wirklich nicht, wie ich Ihnen danken soll.«

»Dafür gibt es keinerlei Grund.«

»Wie liebenswürdig und feinfühlig Sie sind! Aber sagen Sie, woher wissen Sie, wann ich Geburtstag habe?« Er lachte. »Ah, natürlich. Sie haben sich meine Personalakte angeschaut, und da haben Sie wohl mein Alter herausbekommen?«

»Das richtige Alter für Verstand und Reife.«

Er reichte ihr die Hand, drückte sie. Sie war zart, als wäre sie mit Seide bespannt. Die süßesten Empfindungen überkamen ihn. Er würde ihr an ihrem Geburtstag ein noch viel schöneres Geschenk machen; das Datum konnte er genauso wie sie aus der Personalakte entnehmen. Trotzdem, bei allem Glück wünschte er sich, daß ihr Geschenk kein Geld gekostet hätte. Der Gedanke, daß er ebenfalls Geld ausgeben mußte, schmerzte ihn und brachte seine Lebensplanung durcheinander. Doch er kam nicht dazu, dieser Überlegung viel Zeit zu widmen. Er stürzte in ein tiefes Loch, schwebte empor zu unbekannten Gefilden, das Herz voll von Entzücken und Verlangen. Er preßte ihre Hand und sie – sie hielt stand, mit einem selbstbewußten Lächeln, das von Einverständnis und auch Ermutigung sprach. Aber dann, was würde dann geschehen? Ließ sich das mit seinem einzigartigen Weg in Übereinstimmung bringen? Er stand einem gewaltigen Problem gegenüber, es ging um mehr, als eine heikle, betörend duftende, flüchtige Lage zu meistern. Er war mit dem Unbekannten – dem Schicksal – konfrontiert. Er klopfte an eine Tür, hinter der diese Macht die Zeit anhalten oder sie sogar zurückdrehen konnte. Eine Stimme rief: Kehr um, sonst bist du verloren, aber Ohr und Herz verschlossen sich ihr.

Am nächsten Tag stand sie vor ihm, überschüttete ihn mit einem Blick, der vor Willfährigkeit und Süße nur so strotzte. Hitze stieg in ihm auf, der Schädel brannte, und die Kehle war wie ausgetrocknet. Seine Finger machten sich selbstständig, suchten die Berührung der ihrigen, begegneten ihnen auf dem aufgeschlagenen Aktenordner. Er stammelte ein paar Laute, unsinnige Dienstanweisungen. Vorsichtig erkundeten die Augen den Raum. Er beugte sich vor, küßte ihren Mund. Er ließ sich auf den Stuhl zurückfallen, zitterte, bebte, brannte, berauscht vom Elixier des Lebens und gelähmt von der Furcht vor dem Unbekannten.

23

Freitag, am frühen Nachmittag, gab es ein Treffen. Es war das Ergebnis des unwiderstehlichen Wunsches, sich zu ergeben, und der Hoffnung, letzten Endes doch noch Rettung zu finden. Für ihn bedeutete es den Zusammenbruch, aber einen, der von Glück erfüllt war. Da er keine Erfahrung mit Stelldicheins hatte, schlug sie den Ezbekija-Garten als Treffpunkt vor. Das war ihm nicht recht, weil es ein zu offenes Gelände war und aus allen Richtungen eingesehen werden konnte. Der Tierpark hingegen wäre hinlänglich abgelegen, einsam, außerhalb einer Wohngegend, sicher vor neugierigen Augen, und die Straßenbahn führte durch Felder und Einöde. So gingen sie dort also Seite an Seite spazieren und tauchten für ein paar Stunden, bevor die Tore geschlossen wurden, in den Fluß des Lebens. Zum letzten Mal war er hier mit der Schulklasse gewesen. Er hatte keine Ahnung, wie solch ein Rendezvous ablief. Was sagte man, was nicht? Was tat man, was nicht? Im Schweigen glücklich vereint, gingen sie nebeneinander her. Aber nach und nach beschlich ihn das unangenehme Gefühl, daß dieses Treffen unangebracht und falsch war und er nicht hätte nachgeben dürfen. Verunsichert wie er war, begann er, laut staunend die Bäume, Brücken, Grotte, Flüßchen, Teiche und die vielen verschiedenen Tiere zu bewundern. Es war ihm durchaus bewußt, noch kein einziges vernünftiges Wort herausgebracht zu haben, und nun, da es zu spät war, trat er die Flucht in banales Gerede an. Mit träumerischem, triumphierendem Blick, erhobenem Kopf und vorgestrecktem Busen schritt sie an seiner Seite. Sie machte den Eindruck, als ließe sie sich im grenzenlosen Strom ihrer Begehrlichkeiten und Wünsche treiben, als verzehrte sich ihre Seele nach den schönsten Geheimnissen des Lebens. Als sich ihre Blicke trafen, sprachen ihre Augen von reinster Unschuld, süßer List und geheimen Sehnsüchten in Hülle und Fülle.

»Selbst jetzt, da ich Beamtin bin, darf ich nicht einfach aus dem Haus gehen und mich mit jemandem treffen«, begann sie empört das Gespräch.

Mit schon lächerlich wirkendem väterlichem Ton erwiderte er: »Seien Sie deshalb nicht ärgerlich, meine Liebe.«

»Aber es ist unnatürlich und erniedrigend.«

»Eine eher unzutreffende Auslegung der Gefühle von Müttern und Vätern.«

»Ich bin nicht überzeugt, daß Sie das wirklich meinen.«

»Ach ja?«

Sie lachte selbstsicher. »Ich bin fest davon überzeugt, daß meine Mutter nichts gegen ein Treffen mit Ihnen einzuwenden gehabt hätte.«

»Aber sie weiß doch wohl nichts davon?« fragte er besorgt.

Sie lachte, und da sie nicht antwortete, wurde ihm vor lauter Aufregung die Kehle trocken. Schließlich hörte er sie sagen: »Unser Treffen bleibt wie verabredet ein Geheimnis.«

»Recht so, meine Liebe.«

»Worüber ich nicht sonderlich glücklich bin ...«

Natürlich hätte sie sich mit ihm lieber in der Öffentlichkeit gezeigt. Was das für ihn bedeutet hätte, war auch klar. Sollte er bereits ihrer Gnade ausgeliefert sein? Würden ihn die Umstände zwingen, etwas zu akzeptieren, das nicht in seiner Absicht lag? Hatten die Kräfte der Zerstörung schon begonnen, ihn in den Griff zu nehmen und damit endgültig seinen einzigartigen, geheiligten, sich ihm verwehrenden Traum zu vernichten? Furchterregende Gedanken schossen ihm durch den Kopf, mit denen er das Unbekannte herausforderte und mit dem Tod bedrohte. Aber schon wenig später, als er die braunhäutige Gazelle an seiner Seite beobachtete, schämte er sich dafür. Sie hatte ihn untergehakt und hüpfte mit einer solchen Freude, daß selbst die über ihnen schwebenden Wolken ihren Segen gaben. Im Nu wurde ihm wieder heiter zumute, schob er alle bösen Eingebungen beiseite, schloß er Waffenstillstand mit den ihn bedrängenden Hoffnungen. Endlich wollte er sich ganz den betörenden Reizen hingeben und das lodernde Feuer im Leib bis zur Neige auskosten. Da – sein Unterarm berührte ihren weichen Körper, und der Reiz, der von diesen jungen, unerforschten Gebieten ausging, war so stark, daß er sich vom gleißenden Strahl eines Zauberbanns getroffen fühlte. Schuldbewußt sah er sich verstohlen um, küßte sie auf die Wange, dann auf den Hals, und schließlich fanden sich ihrer beiden Lippenpaare. Mit einer Stimme, die er von sich nicht kannte, wisperte er: »Du bist bezaubernd, Unsija.«

Sie lächelte, verlegen und glücklich.

Hitzig stieß er hervor: »Ich würde gern ...« Er hielt inne, schnaufte hörbar.

»Ja, was?«

»Es ist, als würde ich dich seit einer Ewigkeit kennen.«

Wieder lächelte sie, diesmal zufrieden, auch wenn ihre Augen verrieten, daß sie gern noch mehr hören würde.

»Ein wunderbarer Flecken Erde. Die Schönheit springt einem geradezu in die Augen.«

»Du liebst die Natur.«

Ein für seine Ohren befremdlicher Satz, und gemessen daran, wie wenig diese Feststellung mit seinem Leben zu tun hatte, hörte er zuallererst Spott daraus hervor. »Du bist es, die alle Dinge schön sein läßt.«

»Übertreib nicht. Möchtest du meine ehrliche Meinung hören?«

»Natürlich.«

»Für gewöhnlich machst du den Eindruck, daß du dich für nichts interessiert.«

»Ach ja? Und das glaubst du?«

»Ich weiß nicht. Aber ich habe das Gefühl, daß du ebenso rätselhaft wie gütig bist.«

»Ach was, das hat alles nichts zu bedeuten. Die einzig gesicherte Erkenntnis ist, daß du bezaubernd bist.«

»Und?«

»Und was zwischen uns ist, muß bleiben, unabhängig davon, was das Schicksal bringt.«

»Das Schicksal?«

»Hast du in meiner Personalakte nicht auch negative Dinge über mich entdeckt?«

»Keineswegs.«

»Ach, du bist wirklich das Schönste in meinem Leben.«

»Du auch.«

Er küßte sie auf die Wange und drückte ihre Hand. »Wenn es bloß keine Kluft zwischen Können und Wollen gäbe und ich nicht so ratlos wäre«, flüsterte er.

»Wieso? Willst du etwas, was nicht geht?«

»Die Welt ist voll von Wünschen, die keine Erfüllung finden.«

»Und was hat das mit mir zu tun? Erzähl schon.«

Oh, wenn sie nur wüßte, wie recht sie hatte. Noch war sein Mund von ihrem Kuß feucht, noch spürte sein Arm den knusprigen Reiz ihres Körpers, und hier gingen sie, spazierten an einem Elefanten vorbei, der grüßend den Rüssel hob. »Was zwischen uns ist, muß ein Geheimnis bleiben.«

»Warum?«

»Damit niemand schlecht von uns denkt.«

»Warum sollte das jemand tun?«

»Die Menschen sind so.«

»Aber wir tun nichts Schlechtes.«

»Trotzdem reden die Menschen schlecht, mein Liebes.«

Sie lachte amüsiert. »Hast du mich eingeladen, verehrter Herr Lehrer, um mir eine Predigt zu halten?«

»Nein, um dich kennenzulernen und mich zu vergewissern, ob mein Herz recht hat.«

»Und was ist dabei herausgekommen?«

»Jetzt glaube ich fest daran, daß das Herz der beste Ratgeber ist.«

Auf dem Rückweg beschäftigte ihn ein einziger Gedanke: Warum hatte er ihr nicht klipp und klar seine Liebe eingestanden? Warum hatte er ihr keinen Heiratsantrag gemacht? Selbst wenn sie sein ganzes Leben umkrempeln würde, wenn sie den heiligsten Dingen seines Lebens eine völlig neue Richtung gäbe – war sie nicht weit mehr imstande, ihn glücklich zu machen, als der Polarstern?

24

Frau Asila Higazi, die Schuldirektorin, sei gekommen, teilte Umm Husni mit. Er hätte versprochen, sich um etwas zu kümmern, und nun wolle sie wohl wissen, was daraus geworden sei. Ohnehin von den üblichen Sorgen geplagt, litt er zusätzlich noch unter dem Überfall der Liebe. Der Angriff war von solcher Heftigkeit, daß es schon an Wahnsinn reichte. Deshalb war er froh über Frau Asilas Besuch, bot sich ihm doch die Möglichkeit, sich und seinen Problemen, selbst um den Preis einer folgenschweren Dummheit, zu entkommen. Er brauchte eine Ablenkung; Kadrija war nicht jeden Tag erreichbar.

Er schüttelte ihr die Hand und sagte: »Ihr Problem geht einer Lösung entgegen.«

Im gleichen Augenblick begannen die Rundungen ihres Körpers auf den Saiten des geblümten Kleids ein höllisches Lied zu spielen.

Sie lächelte liebenswürdig und fragte: »Muß ich noch lange warten?«

Umm Husni hielt es für das beste, in die Küche zu gehen und Kaffee zu kochen, und genau in diesem Moment packte ihn eine wahnsinnige Lust, das Thema auf den Punkt zu bringen und ungeachtet aller Folgen den entscheidenden Schlag zu führen. »Nein, nicht mehr lange ...«

»Dank Ihrer Freundlichkeit.«

»Es kommt nur darauf an, wie stark Ihre Nerven sind.«

»Dann muß ich mich wohl doch noch gedulden?«

»Erlauben Sie mir, etwas zu sagen«, erklärte er, und der völlig veränderte Tonfall ließ erkennen, daß er ein anderes Thema in Angriff nahm. »Ich möchte offen heraus bekennen, wie sehr ich Sie bewundere.«

Die Wangen röteten sich, verlegen senkte sie den Blick.

»Es ist die aufrichtige Bewunderung eines Mannes für eine Frau. Sie verstehen, was ich meine.«

Sie blieb stumm, sah aber in einem Maß glücklich aus, als stünde sie auf der Schwelle zum Paradies.

»Allerdings ist Vorsicht geboten, denn da ist etwas, das Ihnen nicht gefallen wird.«

Neugierig schaute sie auf.

»Eine Heirat kommt nicht in Frage.« Er konnte sehen, wie ihr Gesicht aschfahl wurde, trotzdem fuhr er frech und gnadenlos fort: »Ich habe hunderterlei Gründe dafür, das Leben ist voller Geheimnisse.«

Mit schwacher Stimme stöhnte sie: »Warum erzählen Sie mir das alles?«

Höflich, aber dennoch in nichts weniger grausam, erklärte er: »Wir sind keine kleinen Kinder, also lassen Sie uns wie vernünftige Menschen reden und mutig und ehrlich unser Glück suchen.«

»Ich verstehe überhaupt nichts.«

»Also gut, ich begehre Sie, muß aber sagen, daß ich der ewige Junggeselle bin.«

»Warum sagen Sie mir das?«

»Vielleicht wissen Sie, wie man diese knifflige Lage lösen könnte.«

Mit äußerstem Mißfallen stieß sie hervor: »Sie verletzen meine Würde in geradezu unmenschlicher Form.«

»Verzeihen Sie mir, aber ich kann nicht anders reden, zu groß ist meine Qual.«

Sie runzelte die Stirn, schwieg.

»Wenn wir nur genug Mut haben, können wir ein gut Teil Glück finden.«

»Was genau meinen Sie?«

»Reicht es nicht, wenn ich in Andeutungen rede?«

»Ich glaube nicht, daß ich Sie richtig verstanden habe.«

Mit einer Dreistigkeit, wie er sie nie zuvor an sich kennengelernt hatte, erwiderte er: »Wir brauchen eine sichere Stelle, wo wir uns treffen können ...«

»Herr Osman!« rief sie empört.

Ungerührt fuhr er fort: »... einen barmherzigen Ort der Zuflucht für zwei Menschen, die nach Liebe und vertrauter Zweisamkeit dürsten.«

Sie sprang auf. »Entweder gehen Sie auf der Stelle oder ich!«

»Ich gehe, aber Sie sollten die Sache in aller Ruhe und gründlich überdenken. Und vergessen Sie nicht – ich bin ein armer Mann.«

25

Er kam nicht umhin zu erkennen, daß das eine weiße Haar nicht das einzige blieb. Wann immer ein Haar mit eisig weißem Schimmer hervorlugte, traf ihn die Warnung, daß das Leben einen veränderten Rhythmus bekäme. Das Leben – ein momentanes Spiel, das der Mensch widerwillig mit sich geschehen läßt, nur um schließlich dem unabänderlichen Ablauf der Zeit ins Gesicht zu sehen. Da wirft er dann einen allumfassenden Blick aufs Leben, wägt seine Taten ab, richtet den Ertrag, empfängt verstört den Odem des Unbekannten, bäumt sich auf zum Kampf, schickt sich dennoch in die Niederlage, von der er hofft, daß sie geheiligt sei. Auf der Beförderungsleiter war keine neue Stufe in Sicht, das Ersparte wurde größer, die nervliche Belastung nahm zu, sein Eifer verdoppelte sich, die Beziehung zu Unsija wurde, wenn auch in aller Vorsicht, immer enger, und was Kadrija betraf, so konnte man sie mit Fug und Recht als Lebensgefährtin bezeichnen. War er an das Ende seines Gebets gelangt, wandte er sich an seinen Herrgott und sprach: »Was wäre das Leben ohne dich, o Gott.«

Andere Menschen schienen nicht ähnlich unerschütterlich zu sein. Eines Tages klingelte das Telefon, und siehe da, es war die Schuldirektorin.

»Ich wollte mich für Ihre erfolgreiche Vermittlung bedanken.«

»Keine Ursache, meine Dame.«

»Wie geht's sonst?«

»Danke, gut.«

»Das höre ich gern.«

»Danke.«

»Möge Sie uns der Herrgott lange erhalten.«

»Sie sind zu gütig.«

Für einen Moment herrschte Stille, dann sagte sie: »Aber ich muß mit Ihnen auch schelten.«

»Gott bewahre!«

»Letztes Mal war ich ziemlich wütend, erinnern Sie sich?«

»Tut mir leid, es gab keinerlei Grund dafür.«

»Meinen Sie das im Ernst?«

»Aber ja.«

»Sie haben sich nicht erkundigt, wie es mir geht.«

»Verzeihung, aber ich habe keine Telefonnummer.«

»Ich habe die Ihrige doch auch herausbekommen.«

»Ich kann mich nur nochmals entschuldigen.«

»Ich hätte mir gewünscht, daß Sie die Situation mit einem netten Wort ein wenig entschärfen.«

»Aber bitte, dazu bin ich nur allzugern bereit.«

»Ach, wirklich?«

»Ganz bestimmt.«

»Und wie?«

»Darüber müßten wir uns einigen.«

Unterdrücktes Lachen war zu hören. »Leiden Sie noch immer unter Ihrer Armut?«

»Ist das Los einmal auf einen gefallen, entkommt man ihm nicht.«

»Wir können von Glück reden, daß ich genug Geld habe.«

»Möge es der Herrgott vermehren.«

»Erwarten Sie, daß ich noch deutlicher werde?«

»Ich stehe voll und ganz zur Verfügung.«

»Großartig, soll also jeder von uns das Seinige tun.«

Das war keine Kapitulation, das war der völlige Zusammenbruch. Er konnte sich gut vorstellen, was dahintersteckte. Eine Frau in mittleren Jahren, die aufs Alter zuging, unter Einsamkeit litt und beim Gedanken ans Greisentum zitterte. Weder jung noch wirklich schön. Den Kampf, den es gegeben haben mußte, hatte er zwar nicht miterlebt, aber immerhin zeigte sich ihm nun der traurige Ausgang. Was sollte er tun? Er hatte Angst vor Unsija, und wirklich verlangen tat es ihn nach Frau Asila nicht. In verzweifelten Momenten wie diesem war es schon öfters vorgekommen, daß er sich wünschte, das Herz würde sterben und die Begierde erlöschen, um unbesorgt und in aller Ruhe sein mühseliges Leben fortsetzen zu können. Traurig murmelte er vor sich hin: »Ich kann es keinem verübeln, wenn er mich für verrückt hält.«

26

Wann und wie sollte er Zeit finden, sich nach einer Wohnung umzusehen und sie einzurichten? Er ließ die Tage verstreichen und tat nichts, rückte das Thema mit allem, was damit zusammenhing, weit ins Vergessen. Bis sie, Asila, eines Tages plötzlich vor seinem Schreibtisch stand. Nach außen hin lächelnd, verfluchte er sie im Innern.

»Verzeihen Sie, daß ich die Kühnheit habe ...«

Wieder lächelte er nur.

»Am Telefon versteht man nicht alles so gut.«

Mit einem Ernst, der der Würde des Büros entsprach, erwiderte er: »Vor lauter Arbeit hat man leider kaum noch Freizeit.«

»Was haben Sie unternommen?«

»Nichts.«

»Überhaupt nichts?«

»Die Arbeit läßt einem keine freie Minute, glauben Sie mir.«

Wie jemand, der mit seiner Geduld zu Ende war und von Angst beherrscht war, erklärte sie mit einer Dreistigkeit, die schon an Verzweiflung reichte: »Ich hatte erwartet, daß Sie mehr Begeisterung zeigen würden.«

»Der Wille ist da, aber nicht die Zeit.«

»In Rod al-Farag gibt es eine Wohnung.« Sie hielt ihm ein gefaltetes Stück Papier hin und fuhr fort: »Hier ist die Adresse. Schauen Sie sie sich an und beginnen Sie mit der Möblierung. Ich hoffe, daß sie ...«, und nun verlieh sie ihrer Stimme einen flehentlichen, verführerischen Schmelz, »daß die Wohnung Ihnen gefällt und ein Glücksbringer ist.«

Er sah das Feuer auf sich zukommen, hörte es zischen. Als Frau Asila verschwunden war, malte er sich in Gedanken die vielen langen Nächte aus, die den Tausendundeinen Nächten folgen würde. O nein, da gäbe es keine Nächte mehr, in denen er fleißig studieren, übersetzen und seiner Exzellenz zuarbeiten könnte. Nächte, die er auf dem Weg zum Ruhm als Opfer brachte, jenem hehren Ziel, das er vom ersten Tag an als Losung seiner unendlichen Sehnsüchte erwählt hatte. Die Begierde nach dieser Frau ebbte ab, und schuld daran waren die Heftigkeit ihres ungestümen Drängens und ihre unbeherrschte Selbstpräsentierung. Nun ja, es wäre nichts gegen sie einzuwenden, wäre sie bereit, Kadrijas Stelle einzunehmen. Aber mit ihr sah er das Feuer auf sich zukommen, prasselnde Flammen, die ihn und seine geheiligten, mit dem Geheimnis von Gottes erhabenem Wort verknüpften Hoffnungen verschlingen würden.

Nein, keiner Macht der Welt würde er es erlauben, ihn zu vernichten, ausgenommen dem Tod, der wie der göttliche, die Seele inspirierende Ruhm zu den Geheimnissen des Allgewaltigen gehörte. Solange jene lang gesuchte und noch immer unbekannte Gattin ihn nicht akzeptiert hatte, wäre es falsch, sich geschlagen zu geben und sich ins Gejammer und Gebettel von Witwen und alten Jungfern zu schicken.

Eines Abends, es war schon spät, hörte er es an der Tür klopfen. Er war verblüfft, als er öffnete und Frau Asila vor sich hatte. Verlegen huschte sie ins Zimmer und stammelte verwirrt: »Ich war entschlossen zu kommen. Hätte mich jemand gesehen, wäre ich zu Umm Husni gegangen.« Sie setzte sich aufs Sofa, schnaufte vor Aufregung.

»Eine gute Idee«, meinte er höflich.

»Stört es Sie, daß ich hier bin?«

Tief im Innern begann sich das Leben zu regen. »Aber nein, es freut mich mehr, als Sie sich vorstellen können.«

»Nicht mehr lange, und Umm Husni wird zu Bett gehen. Würde es Ihnen etwas ausmachen, wenn sie Verdacht schöpft?«

»Überhaupt nicht.«

Es folgte ein langer, intensiver Blick. Der dunkle Schmelz offenbarte eine Frau, die, bar allen Stolzes, einzig und allein verliebt und wehrlos war. In ihrer Stimme schwang ein zärtliches Flehen, als sie fragte: »Was haben Sie unternommen?«

Auf einen Schlag erwachte er aus seiner Verblüffung. Er dachte nicht daran, sich auf ein Gespräch einzulassen, denn alles in ihm konzentrierte sich auf das körperliche Begehren, das in Form der willigen Frau leibhaftig vor ihm stand. Er nahm ihre Hand. Sie fühlte sich zart an, aber auch kalt. Das heftig pochende Herz hatte wohl alles Blut herausgepreßt. Erregt drückte er sie, immer wieder, als wollte er ihr eine heimliche Botschaft senden. Das hatte sie offenbar nicht erwartet, jedenfalls tat sie so. Sie wollte die Hand zurückziehen, aber das ließ er nicht zu.

»Was haben Sie unternommen?«

»Drüber reden wir später.«

»Sie haben nicht einmal versucht, mich telefonisch zu erreichen.«

Er beugte sich vor, küßte sie auf die Wange und flüsterte in ihr Ohr: »Später, später ...«

»Aber deshalb bin ich gekommen ...«

»Alles zu seiner Zeit.« Mit einem langen und stürmischen Kuß verschloß er ihr den Mund, bevor er lallte: »Später ...«

Kraftvoll und fröhlich erklang einer der unendlichen Gesänge der Natur, als geschähe hier ein Wunder. Doch nicht lange, und der Klang versiegte und fiel zurück in ewigen Schlaf. Was blieb, waren verdächtiges Schweigen und wehmütige Mattheit. Er streckte sich seitlings im Bett aus, während sie, nur mit einem Schlüpfer bekleidet, auf dem Sofa sitzen blieb. Im kalten Glühlampenlicht glänzten auf ihrer Stirn und ihrem Hals die Schweißtropfen. Ohne sich zu rühren, starrte er dumpf ins Nichts, als hätte er, was das irdische Leben von ihm verlangte, geleistet. Selbst als sein Blick zufällig in ihre Richtung fiel, sah er über sie hinweg und nahm sie nicht wahr. Aus der Tiefe der Nacht war etwas Befremdliches gekrochen, nicht aber ein bezauberndes Wesen, das ihn in ein Meer von Flammen getaucht hatte. Ein stummes Etwas, das weder Vergangenheit noch Zukunft hatte. Das Spiel von Begierde und Ablehnung war wohl nichts anderes, als sich dann zu üben, mit Tod und Auferstehung umzugehen und im vorhinein die Tragödie mit jener Größe zu akzeptieren, die dem Unbekannten, das nur in kurz aufflammenden Visionen seine Unendlichkeit offenbarte, entsprach. Die Position des Ministerialdirektors war auch solch ein flüchtiger Moment, nur daß es dabei um erhabene Willenskraft und nicht um süße Selbstaufgabe ging. Gott sei Dank war er mit einer tüchtigen Portion vernünftiger Gefühlskälte gerüstet, die, wenn es sein mußte, auch tödlich sein konnte. Da saß sie nun, diese Frau, und obwohl sie unbedingt auf das ihr wichtigste Thema kommen wollte, brachte sie nichts weiter zustande, als sich zu genieren und zu zaudern. Nichts wäre ihr lieber gewesen, als wenn er das Gespräch eröffnet hätte. Da sie sich in dieser Hoffnung getäuscht sah, bedachte sie ihn mit einem flehenden, verzweifelten Blick und murmelte: »Ja, und?«

Wie fremd diese Stimme klang, wie sie seine geheiligte Einsamkeit störte! Er empfand einen solch inständigen Widerwillen, daß es schon fast an Haß grenzte. Sie wollte das Gebäude einreißen, das er Stein um Stein errichtet hatte.

»Was sagtest du?« fragte sie.

»Nichts«, erwiderte er, und das kam mit jener Härte, die ihm und den verlorenen Gassen seines Viertels eigen war.

»Aber du mußt doch etwas unternommen haben?«

»Keineswegs.«

»Du hast dir die Wohnung nicht angesehen?«

»Nein.«

Sie wurde aschfahl im Gesicht. »Entschuldigung, aber willst du, daß ich dir das Geld gleich gebe?«

»Nein.«

»Wirklich, ich verstehe dich nicht.«

»Wieso? Ich bin doch sehr deutlich.«

»Was meinst du? Quäl mich bitte nicht.«

»Ich habe nicht die Absicht, irgend etwas zu unternehmen.«

»Aber warum? Ich war überzeugt, daß wir einer Meinung sind und du mir versprochen hast ...«

»Ich denke nicht daran, etwas zu tun.«

»Falls du noch keine Zeit hattest ...«

»Ich habe keine Zeit und werde auch in Zukunft keine haben.«

Sie atmete schwer, und mit gebrochener Stimme stöhnte sie: »Ich habe geglaubt, daß deine Gefühle anders sind.«

»Ich bin nicht sonderlich edel, das ist die reine Wahrheit«, bekannte er.

Sie schreckte zurück, als hätte sie ein Messerstich getroffen. Hastig griff sie nach ihrem Kleid, warf es über, doch dann bekam sie einen Schwächeanfall und brach auf dem Sofa zusammen. Sie hielt die Augen geschlossen, stützte den Kopf in der Hand auf, und es kam ihm vor, als würde sie gleich ohnmächtig werden. Sein Herz klopfte heftig, und das laute Schlagen riß ihn aus der grausamen Passivität heraus. Wenn etwas Schreckliches, Unvorhergesehenes geschähe, würde er da nicht in einen Skandal mit schlimmen Folgen geraten? Trotz seines bisherigen guten Rufs war der Weg beschwerlich und bitter genug, wie aber würde er erst sein, wenn er in einem jener Skandale steckte, über die die Presse so gerne herfiel? Er war kurz davor, seine Politik zu ändern und mit neuen Lügen aufzuwarten, da bewegte sich endlich die Frau. Mühsam erhob sie sich, schlich leise und gedemütigt zur Tür und war schließlich verschwunden. Er seufzte erleichtert, stand auf und trat ans Fenster. Er konnte erkennen, wie sie im Halbdunkel aus dem Tor trat und auf die Seite hinüberschwenkte, die nach al-Gamalija führte.

Gleich darauf hatte die Dunkelheit sie verschlungen.

Niemand, dachte er, kennt das Verborgene, und deshalb ist es schwer, unsere Taten erschöpfend zu beurteilen. Aber setzt man sich ein Ziel, so hilft es, sich im Dunkeln zurechtzufinden und im konfliktreichen Auf und Ab von Geschikken und Ereignissen zu rechtfertigen. Wie es scheint, hat die Natur es so und nicht anders in ihrer unendlichen Vielfalt vorgezeichnet.

27

Unsija Ramadan – ja, die liebte er. Er kam nicht umhin, dieses Geständnis vor sich und seinem Gewissen und vor Gott abzulegen. Seit der Zeit am alten Brunnen hatte sein Herz kein so liebliches Lied mehr gesungen, Grund genug, sie mehr als jede andere Frau auf dieser Welt zu fürchten. Was die Sache noch gefährlicher machte, war, daß auch sie ihn liebte. Aber ein Weib, das nicht das Vorwärts bedeutet, stößt einen ins Rückwärts. Bestimmt hätte er sie ohne Zögern geheiratet, stünde zwischen ihm und dem Posten des Ministerialdirektors nur noch eine Stufe. Da das nicht der Fall war, würde ihm diese Ehe nichts als tägliche Sorgen und Nöte einbringen, Dinge, die die Kräfte eines Menschen aufzehrten, für die sie nicht geschaffen waren.

Eines Tages legte ihm Herr Hussain Gamil wie üblich die Post vor, aber im Unterschied zu sonst ging der junge Mann nicht, nachdem er die Post mit den entsprechenden Instruktionen versehen hatte. Herr Hussain Gamil arbeitete unter seiner Leitung schon fünf Jahre im Archiv und galt als fleißiger, höflicher Mitarbeiter.

»Gibt's noch was, Herr Hussain?« Kein Zweifel, er machte einen aufgeregten Eindruck. Irgend etwas wollte er loswerden, aber was? »Was haben Sie? Hängt es mit der Arbeit zusammen?«

Der junge Mann trat näher heran, als wollte er sicher sein, daß keiner der anderen Kollegen zuhören konnte.

»Ja, es gibt etwas, Herr Direktor.«

»Was ist es, mein Sohn?«

»Entschuldigen Sie, aber ich muß es Ihnen sagen.«

»Nur zu, ich höre.«

Herr Hussain schwieg für einen Moment, als müßte er Anlauf nehmen. »Es hat mit Fräulein Unsija Ramadan zu tun.«

Später sollte es ihm vorkommen, als hätte er den Namen entweder nicht gehört oder aber, falls doch, nicht verstanden, was er bedeutet. Jedenfalls brachte er zunächst nur ein erstauntes »He?« heraus.

»Unsija Ramadan!«

»Ihre Kollegin? Was ist mit ihr?«

Mit kaum hörbarer Stimme erwiderte Herr Hussain: »Die Wahrheit ist, daß ich sie liebe.«

Er runzelte die Stirn, das Herz zuckte. Unwillig knurrte er: »Na und? Was habe ich damit zu tun?«

»Ich wollte mich mit ihr verloben.«

»Klingt vernünftig, und was geht mich das an?«

Der junge Mann senkte den Kopf und stammelte: »Aber Euer Ehren ...«

Die Glieder schlotterten, der fragende Blick kam einer Kapitulation nahe. »Was ist mit mir?«

»Euer Ehren wissen schon ...«

»Was?«

»Ohne Sie hätte ich schon längst um Unsija angehalten.«

Jetzt wußte er, daß er verloren war. Nichts hatte mehr Wert, nicht einmal das Leben selbst. »Ohne mich?«

»Ich habe alles gesehen, hier und draußen«, murmelte Herr Hussain verängstigt.

Mit der Kraft der Verzweiflung setzte er todesmutig zur Verteidigung an. Es ging nicht mehr um eine verlorene Liebe, es ging um Stellung und Ansehen. »Junger Mann, Sie haben eine schmutzige Phantasie. Was haben Sie gesehen? Was wollen Sie beobachtet haben, Sie armer Kerl? Aber ach, so sind Verliebte. Ich habe das Mädchen wie meine eigene Tochter behandelt, es war immer eine völlig unschuldige Beziehung. Wie sehr muß ich jedoch jetzt fürchten, daß Sie möglicherweise mit Ihrem Herumgerede, ohne daß Sie es wußten oder es gar in Ihrer Absicht lag, Fräulein Unsijas Ruf beschmutzt haben.«

»Ich weiß wohl, wie und wann ich meinen Kummer für mich behalten und den guten Ruf geliebter Menschen wahren muß«, erklärte Herr Hussain, und seine Antwort sprach von Lauterkeit und erhabenem Ernst.

Er seufzte. »So ist es recht, das haben Sie gut gesagt.« Eine Woge von tiefster Verzweiflung drückte ihn nieder. »Sie haben sich wie ein Mann verhalten.« Doch der Schock saß zu tief, und da das unverhoffte Gefühl der Rettung noch das Seinige hinzutat, wurde ihm in Magen und Bauch flau, und er glaubte, gleich erbrechen zu müssen. »Ein Mann wie Sie verdient die Frau, die er liebt«, brachte er noch heraus.

Als sein Peiniger gegangen war, blieb er mit seiner Trauer allein. Sie nahm geradezu körperhafte Gestalt an, wurde gewaltig wie das Schicksal selbst. Die vielen langen

Nächte, in denen er einsam gelitten hatte, fielen ihm ein. Wenn das Leben seinen Wert aus dem Maß an Freude bezog, dann war das seinige null und nichtig. Warum nur forderte einem der Ruhm solch unermeßliches Leid ab?

28

Er bat Unsija um ein Treffen: Freitag morgen bei den Pyramiden. Dieses Mal ließ er bei der Vorbereitung der Begegnung mehr Vorsicht als sonst walten. Er hatte ihr einen Zettel zugesteckt, auf dem sowohl Uhrzeit und Ort als auch unterschiedliche Routen geschrieben standen, damit jeder einzeln den Treffpunkt erreichte. Es war ein trokkener, kalter Wintermorgen, aber schon legten die Strahlen der Sonne eine angenehm warme Hülle über sie beide.

Die ganze Zeit über schaute er Unsija mit aufrichtiger Trauer an, auch wenn er überzeugt war, daß er im Grunde eine reichlich brutale und schmutzige Rolle spielte. Unsija war anders als sonst, sie schien nervös zu sein. »Ich hatte gleich das Gefühl«, erklärte sie, »daß etwas Ungewöhnliches vorgefallen ist. Mein Herz ist vor Schreck stehengeblieben.«

Frauen, dachte er, haben einen Instinkt, der, wenn's um persönliche Dinge geht, ihnen glatt den Verstand erspart. Gingen alle Menschen mit dieser Gabe an die Erkundung des Unbekannten, wäre es nicht bis jetzt unbekannt geblieben. Ihm wurde immer trauriger zumute. »Es gibt tatsächlich etwas, über das wir nachdenken müssen.«

»Was?«

»Unsere innige und heilige Beziehung.«

»Was ist damit?«

»Vielleicht hast du dich schon gewundert, daß ich zu manchem schweige. Wir haben über alles mögliche geredet, nur nicht über das Wesentliche. Wahrscheinlich hast du nicht gemerkt, daß ich die ganze Zeit Höllenqualen erleide.«

Von zärtlichem Mitleid ergriffen, nahm sie seinen Arm. »Ich muß gestehen, daß mein Herz jetzt noch viel heftiger vor Angst pocht.«

»Und ich muß gestehen, daß ich ein Egoist bin.«

Heftig wehrte sie ab: »Aber nein, du bist überhaupt nicht egoistisch.«

»O doch, ich bin ein Egoist, wie er im Buche steht. Aus reiner Selbstsucht habe ich dich ermuntert und dir etwas vorgemacht, so daß wir das Spiel immer weiter getrieben haben. Das werde ich mir niemals verzeihen.«

»Aber du hast dich nur gütig und edel gezeigt!«

»Verteidige mich nicht. Bestimmt hast du dich des öfteren gefragt – wann wird er sprechen? Was will er von mir? Wie lange soll es mit Treffen und Abschiednehmen weitergehen, ohne daß etwas Entscheidendes geschieht? Macht er sich über mich lustig?«

»Kein einziges Mal habe ich schlecht von dir gedacht!«

»Ich selbst habe mir all diese Fragen mehr als einmal gestellt, aber der Wunsch, dem Glücksgefühl nachzugeben, war stärker als ich, und so kam es, daß ich, solange es nur irgend ging, jede Entscheidung hinausschob. Ach, wie oft hatte ich mir fest vorgenommen, dir die Wahrheit zu sagen, und dann war ich doch zu schwach und habe die Dinge laufen lassen.«

»Was für eine Wahrheit?« fragte Unsija, und in ihrer Stimme schwang Enttäuschung mit.

»Ach! Warum habe ich dir bloß nie angeboten, mich zu heiraten?« klagte er.

Kaum war das lang ersehnte Wort gefallen, begannen ihre Augen zu flackern. Ein zärtlich besorgter Blick, und dann schaute sie ins Ungewisse, als spräche sie ein stilles Gebet, um das Unheil abzuwenden.

»Bestimmt hast du dich das alles gefragt, was sonst sollte das Leben bedeuten?«

Sie senkte den Kopf, als wollte sie, da sie nichts Gutes erwartete, nichts mehr hören.

Aber er fuhr fort: »Ich bin krank.«

»Nein!« schrie sie auf, zutiefst besorgt.

»Ich tauge nicht für die Ehe.«

Ungläubig starrte sie ihn an.

»Laß dich nicht von meinem Aussehen täuschen, ich bin nicht herzkrank oder asthmatisch. Es ist eine Krankheit, die es mir unmöglich macht zu heiraten.« Bekümmert senkte er den Blick, und als er sie schwer seufzen hörte, zerriß es ihm schier das Herz. Er war dicht davor, alle vernünftigen Vorsätze über den Haufen zu stoßen, sich auf den Boden zu werfen, ihr die Füße zu küssen und sie zum Kadi zu führen. Aber die andere Macht, die seinen Willen beherrschte, blockierte ihn und ließ ihn erstarren.

»Ich war nicht untätig, lief von einem Doktor zum andern. Ich gab nie die Hoffnung auf, sonst hätte ich ja schon längst mit dir gesprochen. Aber nichts half, alles war zwecklos. Deshalb kann ich dich nicht länger in Beschlag nehmen, andernfalls würde ich dir deine ganze Zukunft zerstören.«

»Aber wie soll ich ohne dich leben?«

»Du bist jung, da heilen Wunden noch schnell.«

»Nein, ich kann es nicht glauben. Das muß ein Alptraum sein.«

»Wir dürfen nicht mehr so weitermachen.«

»Nein, ich glaube es nicht.«

»Jedem Unglück, das einen unerwartet trifft, will man nicht glauben, und manchmal scheint das Leben aus einer ganzen Reihe unverhoffter Tiefschläge zu bestehen. Du mußt deinen Weg finden, bevor es zu spät ist.«

Mit vor Leid brüchiger Stimme fragte sie: »Was erwartest du?«

»Daß wir aufhören, uns in einer Sackgasse zu bewegen.«

»Ich kann nicht.«

»Was muß, das muß. Es wäre Wahnsinn, wenn wir weitermachten.« Er vermied es, ihr in die Augen zu sehen. Alles, woran ihm lag, hatte er mit Erfolg zu Ende gebracht, auch wenn er im Ergebnis des grausamen Gelingens einsam geworden war, allein und von Schmerz gequält, von Höllenschande gekrönt, allen Glaubens und Trostes beraubt. Nur der Wahnsinn versprach noch Rettung, nur dort fand sich für alles Platz – für Glaube und Unglaube, Ruhm und Schande, Liebe und Verrat, Wahrheit und Lüge. Wie konnte man mit Vernunft dieses groteske Leben ertragen? Wie sollte er je wieder den Glanz der Sterne sehen, wenn er bis über den Kopf im Dreck steckte?

In dieser Nacht weinte er lange.

29

Strahlen, die sich hinter die Wolken verirrt hatten, schienen die Dunkelheit aufzubrechen. Er hatte erfahren, daß Unsija Ramadan mit Herrn Hussain Gamil verlobt worden war; eine gute Nachricht, bedeutete sie doch Rettung. Jetzt kann ich, sagte er sich, der verlorenen Liebe ruhigen und von keinerlei Ängsten getrübten Gemüts nachtrauern. Nun kann ich aus dem bitteren Kelch trinken, bis er zur Neige geleert ist und ich mich seiner entledige. Auf diesem Gebiet bin ich ein Experte.

In seinem ganzen Leben war ihm keine Frau begegnet, die besser geeignet gewesen wäre, ihn glücklich zu machen. Nicht einmal Sajjida hätte das geschafft. Unsija war hübsch, intelligent und keusch, und sie hatte ihn aufrichtig und reinen Herzens geliebt. Er war zu dem Glauben gelangt, daß er nie wieder, selbst wenn das Glück ihm noch so zulächelte, eine wie sie finden würde – eine gerechte Strafe für ihn.

Die Zeit brachte ein neues Ereignis ins Haus: Herr Hamza as-Suwaifi erschien nicht zur Arbeit. In der Verwaltung sprach sich herum, daß es mit seinem Blutdruck wieder einmal nicht zum besten stand und die jetzige Krise gefährlicher als die erste war. Osman machte ihm einen Besuch. Der Mann lag apathisch nieder, als hätte er sich gänzlich aufgegeben. Schatten aus der anderen Welt schimmerten im verhangenen Blick. Der Anblick rührte Osman, bestätigte aber auch die Erwartung der Kollegen, gleichgültig, auf welcher Beförderungsstufe sie standen, daß es sich um den letzten Auftritt handelte.

»Beste Genesung, lieber Freund.«

Der Herr Direktor lächelte dankbar; offensichtlich wartete er auf jedes freundliche Wort, das ihm in seinem erbärmlichen Zustand zuteil wurde. »Danke, mein Bruder. Sie sind ebenso gütig, wie Sie tüchtig und fähig sind.«

»Nichts als ein paar dunkle Wolken, und wenn sie sich verzogen haben, kommen Sie zurück und sitzen wieder auf Ihrem prächtigen Sessel.«

Der Mann verzog das Gesicht, als wollte er verhindern, daß eine dicke Träne sich ihren Weg bahnte. »Tatsache ist, daß ich nie mehr zurückkommen werde.«

»Gott bewahre!«

»Das ist die Wahrheit, Herr Osman.«

»Ach, Sie übertreiben.«

»Aber das hat der Arzt gesagt. Er hat mir offen heraus erklärt, daß ich, wenn ich alles genau befolge, zwar überleben werde, aber nur unter der Bedingung, daß ich sofort aufhöre zu arbeiten.«

In Osman kämpften die widersprüchlichsten Gefühle, aber in diesem Moment siegte das Mitleid. »Gottes Güte ist unermeßlich, und seine Wunder kennen kein Ende.«

»Ich lege kein großes Gewicht mehr auf die Arbeit. Die Töchter habe ich verheiratet, und der jüngste Sohn studiert das letzte Jahr an der Landwirtschaftsfakultät. Wie Sie sehen, bin ich meiner Pflicht nachgekommen, und alles, was ich jetzt brauche, ist Ruhe.«

»Möge Gott Sie das Leben genießen lassen.«

30

Trotz aller Schwäche und Hinfälligkeit begann der Mann plötzlich zu prahlen: »Gott sei Dank habe ich im Ministerium, wie Sie wissen, immer meine Pflicht erfüllt, ich bin gegenüber der Familie meiner Aufgabe nachgekommen, ich habe ordentlich gelebt, werde von Freunden und Bekannten geschätzt. Kann der Mensch auf mehr hoffen?«

»So ist es, Sie sind die Güte und Rechtschaffenheit in Person, und mehr als das.«

»Wir gehen alle, einer nach dem anderen. Erinnern Sie sich noch an den seligen Safan Basjuni? Alles ist vergänglich, aber das, was man geleistet hat, bleibt.«

»Da haben Sie völlig recht.«

Der Mann bedachte ihn mit einem langen, eingehenden Blick. »Möge Gott Sie zu dem geleiten, was gut und richtig für Sie ist.«

Er war tief beeindruckt, und das sollte noch eine Weile so bleiben. Die weisen, mahnenden Worte bewegten ihn, stimmten ihn nachdenklich, als kehrte er vom Begräbnis eines lieben Menschen zurück. Doch als der richtige Zeitpunkt gekommen war, schaffte er es, wieder zu sich zu kommen. Ach was, sagte er sich, der Kummer dieser Welt soll unseren Eifer nicht lähmen, sondern anspornen ... und mit ganzer Kraft dachte er an die Beförderungsstufe, die demnächst vakant werden würde. An seiner Befähigung, Rechtschaffenheit, Gottesfurcht gab es keinen Zweifel; an und für sich war er der richtige Mann für den Posten des Verwaltungsdirektors, wenn da nicht die beiden Vizedirektoren wären, von denen der eine schon auf der zweiten Stufe und der andere immerhin auf der dritten Stufe stand. Wenn es gerecht zuginge und nur nach Fähigkeit entschieden würde, wäre er genau der richtige für die frei werdende Stelle. Aber wie sollte er es schaffen, auf einen Satz von der vierten Stufe auf die erste Stufe zu springen?

Hamza as-Suwaifi wurde auf eigenen Wunsch pensioniert, und damit geriet in der Verwaltung das gesamte Räderwerk in Bewegung, angefangen bei der achten Stufe bis hin zur ersten Stufe. Ismail Faik stieg zum Direktor auf, und Osman kam in die dritte Stufe und wurde der zweite stellvertretende Direktor. Ein zu hoher Blutdruck griff also sowohl negativ als auch positiv in die verschiedenen Schicksale ein. Einen ganzen Tag lang freute sich Osman über die Beförderung, doch dann schwand sein Glück dahin. Hamza as-Suwaifi war ein fähiger Mann gewesen, aber gleich nach ihm kam er, Osman. Niemand anders war für den Posten so geeignet wie er. War's zum Heulen oder zum Lachen, daß ein Mann wie dieser Ismail Faik nun auf diesem Sessel saß? Osman machte sich auf den Weg zum Ministerialdirektor, um ihm zu danken. Er brauchte keinerlei Zweifel zu hegen, daß er bei Seiner Exzellenz, was Wertschätzung und Sympathie betraf, von allen Kollegen am höchsten im Kurs stand. Ob es um die laufenden Amtsgeschäfte ging oder um Privates, immer stützte sich Seine Exzellenz auf ihn, Osman.

Er wurde mit Handschlag begrüßt und hob umgehend an, wortreich und gesetzt Dank zu sagen.

»Sie kennen ja nicht die Begleitumstände«, sagte der Ministerialdirektor. »Auf meinem Schreibtisch türmten sich Berge von Empfehlungsschreiben, vom Minister, von Staatssekretären, Scheichs und Abgeordneten.« Er schaute ihn ein Weilchen an, bevor er fortfuhr: »Ich habe allen erklärt: Ihr kriegt, was ihr wollt, aber auf jeden Fall muß ein Mann berücksichtigt werden, dessen einzige Empfehlung Fähigkeit und Charakter sind.«

Oh, wie inbrünstig dankte ihm da Osman, und wie tief verbarg er allen Kummer.

»Wir beide wissen«, so der Ministerialdirektor, »daß Ismail Faik dumm und unfähig ist.«

»Kein Einspruch, Exzellenz«, knurrte er verärgert.

»Das heißt, daß ganze Ausmaß der Arbeit fällt auf Sie zu, obwohl Sie nur sein Stellvertreter sind.«

»Ich stehe voll und ganz zu Diensten.«

»Was sollte ich tun?« fuhr der Ministerialdirektor bedauernd fort. »Wie Sie wissen, ist er mit dem Staatssekretär verwandt.«

»Sie trifft keine Schuld, Exzellenz.«

»Wie auch immer, herzlichen Glückwunsch. Eines Tages werden Sie Ihr volles, ungeschmälertes Recht bekommen.«

Ein wenig zufriedener gestimmt verließ er das Büro, aber es dauerte nicht lange, und der Ärger gewann wieder an Boden und verdrängte das bißchen Freude über die Beförderung. Er verfluchte alle und jeden und sagte sich besorgt, daß das Leben schneller war als alle Beförderungskampagnen.

Die Beamten des Archivs traten zur Verabschiedung an. Er schüttelte jedem die Hand, nahm die Glückwünsche entgegen, und als die Reihe an Unsija war, stellte er trotz aller gefühlsmäßigen Verwirrung fest, daß sich ihr Bauch glückverheißend gerundet hatte. Gerade erst verheiratet und schon schwanger, da empfand es der werte Gatte bestimmt als besonderes Glück, daß er, Osman, in die Verwaltung hinüberwechselte.

Er nahm zwar nur den Platz des zweiten Vizedirektors ein, empfand sich aber den anderen Kollegen überlegen. Er genoß das Vertrauen des Ministerialdirektors, war die maßgebliche Autorität, was die Verwaltung, Bestimmungen, Finanzierung betraf, hatte Jura und Wirtschaft studiert, besaß Allgemeinbildung und glänzte mit mehreren Sprachen. Und doch geriet er ins Grübeln: Was bedeuteten schon diese Vorzüge, wenn man sah, wie schnell das Leben verging, oder man bedachte, wie unerwartet eine Krankheit zuschlagen konnte? Er hatte sich davon überzeugen können, daß beide, der erste Stellvertreter und der Direktor, jünger als er waren. Da brauchte es schon ein Wunder oder einen plötzlichen Todesfall oder einen Unfall auf der Straße, damit eine Stelle frei werden würde. »O Gott, vergib mir meine Gedanken und Wünsche!«

Beide erfreuten sich bester Gesundheit, beide waren Frohnaturen, beide waren ignorant und beschränkt. Keine Stufe, außer der heiß begehrten, hätte die immensen Opfer gerechtfertigt, die er seinem Leben, seinem Glück, seiner Gemütsverfassung abgerungen hatte. Mehr als je zuvor wurde ihm bewußt, wie sehr er eine Frau brauchte, die den Schub nach oben packte, und zwar vor Ablauf seiner Dienstzeit oder bevor eine Krankheit plötzlich auftauchte oder der Tod unverhofft zuschlug. Wieder einmal ging er also zu Umm Husni, um sie zu bitten, nochmals die Heiratsvermittlerin Umm Zainab zu bemühen. Immerhin hatte Gott ihm jetzt die dritte Stufe und den Posten eines Vizedirektors beschieden. In diesen Tagen war er doppelt vorsichtig, weshalb er auch, als er Kadrija im berüchtigten Gäßchen aufsuchte, es für das beste hielt, sich wie ein Mann aus dem Volk anzuziehen. Niemand würde ihn erkennen. Er schlüpfte also in Gilbab, Abaja und Umschlagtuch. Selbst Kadrija ahnte nicht, wer vor ihr stand, und als sie ihn an der Stimme erkannte, wollte sie sich vor Lachen schier ausschütten. »Hat dich die Regierung rausgeworfen?« fragte sie keuchend.

Das Alter nagte an ihr, und in dem Maß, wie sie fetter wurde, nahm auch ihre zotige, lüsterne Art zu. Aber mit der Zeit war die Beziehung zwischen ihnen immer fester geworden, und es hatte sich sogar etwas wie echte Vertrautheit angebahnt. Sie hatten alle Phasen hinter sich gebracht, von Begierde bis hin zur Langeweile, und schließlich war ihr Verhältnis zur Gewohnheit geworden, auf die man nicht mehr verzichten konnte. Kadrija, das kahle Zimmer, der höllische Wein waren zu einem harmonischen, vertrauten Ganzen verschmolzen, das ihm nicht nur Ruhe und beschauliche Trübsal spendete, sondern ihn auch anspornte, sich dem Leben in seiner grausamen Ursprünglichkeit zu stellen. Es kümmerte ihn nicht, daß diese Frau sich für nichts interessierte und sich schrecklich aufführte. Es hielt ihn nicht davon ab, der ihm heiligen Einsamkeit zu frönen. Befremdet stellte er fest, daß er trotz seines fortgeschrittenen Alters nur einmal mit einer ganz normalen Frau geschlafen hatte. Ach ja, Asila, aber da hatte es sich wohl mehr um ein sündhaftes Vergehen als um einen Liebesakt gehandelt. Dennoch, es gab so etwas wie einen menschlich gesunden Beischlaf. Er seufzte. Wie es den Ruhm gibt, sagte er sich. Und wieder seufzte er, diesmal noch schwerer. Und Gott gibt es, Ursprung und Grund allen Seins. Es folgte ein Stoßseufzer. Und seiner Herrlichkeit gedenken wir beim Guten und beim Schlechten.

30

Trotz aller Kraft, mit der sie sich gegen den Zahn der Zeit wehrte, blieben Umm Husni die Anzeichen von Altersschwäche nicht erspart. Die Augen versagten ihr fast den Dienst, und weil sie lahmte, mußte sie sich auf einen Stock, ein alter Besenstiel, stützen. Auch Umm Zainab war keine große Hilfe, und vor lauter Verzweiflung tobte er seine Wut beim Gedanken aus, daß man all jenen, die von Klassenkampf schwatzten, Abbitte tun mußte.

Umm Husni taugte jedenfalls nicht mehr für ihr ehrenwertes Gewerbe. Etwas wie Altersschwachsinn mußte sie getroffen haben, denn eines Tages hatte sie ihm als Braut eine Frau vorgeschlagen, die bereits vor zig Jahren Gottes Gnade anheimgefallen war.

Eines schönen Freitags, saß er, nach dem Gebet in der Moschee, im Ägyptischen Club. Plötzlich entdeckte er Asila in Begleitung einer anderen Frau. Er erkannte sie auf Anhieb, auch wenn sie sich in einem besorgniserregenden Maß verändert hatte. Die Haltung schlapp wie ein löchriger Ball, das Gesicht ausgemergelt, und wo es früher frauliche Frische zeigte, graute ein dunkler Schatten, der weder weiblich noch männlich zu nennen war. Der plumpe Gang sprach von Elend und Verfall. Eine Ahnung sagte ihm, daß der Tod ihr auf den Fersen war; auch ihm kam er näher, ließ ihn zeitlich und örtlich nicht aus den Augen. Seine einstige Vorstellung von Zeit wurde der süßen Illusion beraubt, von Ewigkeit gekrönt zu sein. Statt dessen offenbarte sich ihm die stolze und dauernd währende Wahrheit in all ihrer erhabenen Grausamkeit. Ob sich Asila noch an ihn erinnerte? Sie konnte ihn nicht vergessen haben, viel zu tief hatte er sie bis ins Innerste mit Verrat und Selbstsucht verletzt und sich in ihrem Gedächtnis mit Haß und Fluch verewigt.

Ach, die alten Gefährten aus Jugendzeiten begnügten sich mit armseligen Berufen, scharten haufenweise Nachkommen um sich und lärmten herum mit schallendem Gelächter. Vorbei war es mit den unschuldigen Empfindungen der Kindheit, aus mit den unbezähmbaren Visionen – begraben unter dicken Schichten von Staub, wie das Hussain-Viertel, das seine Haut auch gewechselt hatte. Viele alte Quartiere waren niedergerissen worden, und an ihrer Stelle ragten Gebäude auf. Auf dem einstigen Futterplatz für Esel stand eine kleine Moschee, und viele Leute hatten das Viertel verlassen und waren nach al-Mazbah gezogen. Alles hatte sich verändert; in die Häuser waren Wasser und Licht eingezogen, Radios lärmten Tag und Nacht, die vertraute Milaja verschwand aus dem Straßenbild, selbst Gut und Böse bekamen neue und mannigfache Bedeutung. Das alles geschah, und er, im vorgerückten Alter, steckte gerade mal in der dritten Beförderungsstufe. War das der Lohn für übermenschliche Anstrengung und aufopferungsvolle Hingabe? Sah denn niemand, daß er der Inbegriff des erfahrenen, in Theorie und Praxis beschlagenen Staatsdieners war? Daß seine amtlichen Notizen, seine Hinweise zum Haushaltsplan, seine maßgeblichen Gutachten auf dem Gebiet von Verwaltung, Lagerung und Einkauf, daß sie, zusammengefaßt in einem Buch, eine Enzyklopädie für Regierungsangelegenheiten wären? Ein solch brillanter Erfahrungsschatz wurde auf den Platz des zweiten Stellvertreters beschieden, unnütz verschleudert wie eine Fünfhundert-Watt-Birne auf dem Klo einer Dorfmoschee. Und überhaupt wurde die Bedeutung dessen, was ein Beamter ist, nicht wirklich erfaßt. In der Geschichte Ägyptens war das Beamtentum eine ähnlich heilige Institution wie der Tempel. Der ägyptische Beamte war ganz generell der erste seiner Art in der Geschichte der Zivilisation. Wenn in anderen Ländern das höchste Ideal der Krieger, Politiker, Händler, Handwerker oder Seemann war, dann genoß in Ägypten ein solches Ansehen nur der Beamte. Die frühesten historischen Zeugnisse moralischer Unterweisung waren die Lehren, die ein Vater, seines Zeichens Beamter im Ruhestand, seinem Sohn, einem jungen

Beamten, erteilte. Selbst der Pharao war nichts anderes als ein Beamter, der im Auftrag einer Göttlichkeit das Niltal mittels religiöser Riten und verwaltungstechnischer, finanzieller und organisatorischer Anordnungen regierte. Unser Tal war bevölkert von gutmütigen Bauern, die sich bückten und beugten, hin zur gütigen Erde. Aber im Moment, da sie sich in Ämter eingliederten, reckten sie stolz die Köpfe und schauten nach oben, die Leiter hinauf, die bis auf die Himmelsschwelle der Göttlichkeit führte. Beamtentum war nicht nur Dienst am Menschen, es war auch das Recht des Befähigten, die Pflicht des lebenden Gewissens, der Stolz des menschlichen Individuums – es war Anbetung Gottes, des Schöpfers von Fähigkeiten, Gewissen, Stolz.

Eines Tages, als er das Archiv inspizierte, stieß er auf Unsija. Sie war nicht nur zur Frau herangereift, sondern hatte sich auch als Beamtin entwickelt. Seit ihr Mann zum Ministerium für Bildung übergewechselt war, nahm sie die Stelle des Revisors ein. Als er ihr die Hand schüttelte, konnte er sich nicht verkneifen zu sagen: »Lang ist's her ...« Da sie nur verschämt lächelte, fragte er weiter: »Ich hoffe doch, daß es gut geht?«

»O ja, Gott sei Dank.«

Er zögerte, aber die Versuchung war zu groß, um nicht zu bemerken: »Ein Glück, daß man vergessen kann.«

Schlicht und freundlich erwiderte sie: »Nichts wird vergessen, und nichts bleibt.«

Der Satz ging ihm lange durch den Kopf. Als er aus dem Archiv ging, sagte er sich im Innern: ›Ach, Unsija, ich habe dich einmal sehr geliebt.‹

Zurückgekehrt in sein Büro, fand er auf dem Schreibtisch ein Rundschreiben von der Abteilung Öffentliche Beziehungen vor. Rein von der Form her war ihm klar, daß der Tod eines Beamten beziehungsweise der eines Verwandten angezeigt wurde. Und richtig, da stand: »Heute früh nahm Gott in seiner unendlichen Güte Herrn Ismail Faik, Direktor der Verwaltung, zu sich. Das Begräbnis wird am ...« und so weiter und so weiter.

Er las ein zweites Mal, buchstabierte den Namen. Unmöglich. Gestern hatte er noch gearbeitet und war gesund und munter. Morgens hatte er mit ihm in seinem Büro Kaffee getrunken, und wieder einmal war der Mann auf das zu sprechen gekommen, was ihn am meisten interessierte.

»Das Land wird von völlig unterschiedlichen Gedanken überflutet.«

Er hatte nur stumm gelächelt.

»Jeder ist überzeugt, daß allein ihn die göttliche Vorsehung auserwählt hat.« Er hatte mit dem Kopf geschüttelt. »Wer hat noch den Kopf frei für die Vorbereitung der Endabrechnung?«

Ruhig, aber mit unverhohlenem Spott hatte er, Osman, geantwortet: »Ich, mein Kopf ist frei.«

Herr Faik hatte laut losgelacht. Die Tauglichkeit seines Untergebenen hatte er nie in Frage gestellt, auch nicht den Fakt, daß der das Rückgrat der Verwaltung war. Es hatte keine Freundschaft zwischen ihnen gegeben, aber auch keine Feindschaft. Um Himmels willen, wie konnte es sein, daß der Mann tot war?!

Er suchte den ersten Stellvertreter auf, von dem man wußte, daß er mit dem Verstorbenen eng befreundet gewesen war. »Wissen Sie Genaueres über diesen Schicksalsschlag?«

Der Mann war völlig verstört. »Er hatte gerade Frühstück essen wollen, und plötzlich fühlte er sich so matt und wollte sich auf den Diwan legen, und als seine Frau kam, um nach ihm zu sehen, lag er reglos da.«

Da leben wir mit der beruhigenden Gewißheit, dachte Osman, daß der Tod etwas mit Logik zu tun hat, daß er sein Geschäft nach den Regeln von Ursache und Wirkung betreibt. Aber allzu häufig schlägt er ohne jede Vorwarnung zu, wie ein Erdbeben. Bis zuletzt hatte sich Ismail Faik im Vollbesitz seiner Kräfte gefühlt. Was ihm geschah, konnte doch jedem zustoßen, oder etwa nicht? Nichts war eine Garantie, weder die Gesundheit noch die Erfahrung, noch das Wissen.

Angst stieg in ihm auf, ließ ihn beben.

Die beste Definition für Leben ist, das es nichts ist.

War der Tod etwas so Neues, daß er nichts davon gewußt hätte? Sicherlich nicht. Aber davon hören war etwas anderes, als es mitzuerleben. Die Angst würde bleiben, einen Tag oder mehrere Tage. In Stunden der Angst hoben sich Gewinn und Verlust, Freude und Kummer einander auf, und die Dinge verloren ihre Bedeutung.

Was ist es wert, daß ich mich ein Leben lang nur abgequält und geschuftet habe?

Zweifel und Argwohn ließen während des Leichenzugs nicht von ihm ab, und auch beim Begräbnis setzten sie ihm zu. Die leisen Gespräche der Kollegen konnten ihn davon nicht befreien. Dennoch fühlte er Dankbarkeit, denn immerhin lebte er noch.

Worin besteht wahres Heldentum? Es besteht darin, daß man trotz allen Wissens um die Schwierigkeiten unermüdlich weiterarbeitet.

Aber nicht lange, und alles Überlegen galt nur noch dem Posten des Verwaltungsdirektors. Der erste Stellvertreter war bereits für ein Amt in der Justiz vorgesehen, dadurch war der Weg klar vorgezeichnet. Er würde in die zweite Stufe befördert werden, als Direktor amtieren und sich nach einem Jahr die Berechtigung erworben haben, in dem Amt bestätigt zu werden. Die Verwirklichung aller Hoffnungen war in greifbare Nähe gerückt.

Aber plötzlich wurde er mit dem völlig überraschenden Beschluß konfrontiert, daß ein Mann, der aus dem Ministerium für Transportwesen kam, als neuer Direktor eingesetzt wurde.

31

Nein, nein, nein! Das hätte er niemals geglaubt.

Er spülte Haß auf Seine Exzellenz Bahgat Nur und bedachte ihn mit tausend Flüchen. Wenigstens der hätte sich vor ihn stellen müssen. Verflucht sollten alle sein! Dachten sie etwa wirklich, daß er die Absicht hatte, sich ein Leben lang für andere abzurackern? Wer war dieser neue Direktor? Was für ein Typ mochte dieser Abdallah Wagdi sein? Mußte er sich dem tatsächlich als Untergebener präsentieren? Wie beschämend das war, die Schande würde ihn in allen Korridoren und Amtsstuben verfolgen. Schadenfreudige Kollegen gab's zur Genüge. Herr Bahgat Nur bat ihn zu sich.

»Es tut nur sehr leid, Herr Osman ...«

»Das hat man von einem ehrenwerten Leben«, erklärte er ohne Umschweife. »Nichts als Verzweiflung bleibt einem.«

»Aber nein, nicht doch! Herr Abdallah ist eben mit dem Minister verwandt.«

»Allmählich beneide ich die Kollegen, die es verstehen, faul zu sein.«

»Nochmals, es tut mir wirklich leid, und dem Herrn Staatssekretär, das soll ich Ihnen sagen, geht es nicht anders.« Er schwieg einen Moment, bevor er fortfuhr: »Es gibt keinen Grund zu verzweifeln. Man ist einhellig der Meinung, daß Sie, sobald der Platz geräumt ist, der erste Stellvertreter werden.«

Was half das schon! Beförderungen interessierten ihn nur insoweit, als sie halfen, die geliebte und seinem Leben sinnspendende Hoffnung zu verwirklichen. Der neue Direktor war erst an die vierzig Jahre alt, vielleicht noch jünger. Wenn die Dinge ihren üblichen Lauf nahmen, würde er als Stellvertreter in Pension gehen oder, falls ein Wunder geschah, als Direktor. Der Traum war ausgeträumt, er war schier unmöglich geworden. Was er in der Vergangenheit geleistet hatte, galt nicht mehr; was blieb, war schwarzer Wahn. Vielleicht hätte er doch besser, wie sein Vater, sein Leben auf dem Kutschbock verbringen sollen. Ja, zum ersten Mal fühlte er tiefste Verzweiflung, schien doch das Lebensende sehr viel näher zu liegen als jede Möglichkeit, das Juwel Hoffnung retten zu können. Was Wunder, daß sich der Gedanke ans Heiraten mit nie zuvor gekannter Macht aufzwängte. Es war Unsinn, ihn weiter von sich zu weisen, war zu nichts mehr gut. Es reichte, daß er die Jahre, die für Liebe und Ehe am besten waren, bereits verloren hatte. Ach, wie er sich nach einer Gefährtin sehnte, wie es ihn nach aufrichtigen Gefühlen verlangte, nach treuer Kameradschaft, die ihm alles gab – ein warmes Heim, Kinder und Enkel, eine menschliche Beziehung, ein liebend Herz, eine helfende Hand, eine gesprächige Zunge, einen Zufluchtsort in Zeiten des Leidens, Schutz vor dem Tod, Rettung vor dem Untergang, eine trauliche Nische fürs Gebet, Ruhe vor dummen Träumen, das Aus für Sparsamkeit, Entbehrung und Alleinsein. Ja, die Frau ist das Leben, dachte er, und selbst der Tod erfährt durch ihre Gegenwart krönende Erhabenheit.

Diesmal wollte er sowohl auf Umm Zainab als auch auf die völlig vergreiste Umm Husni verzichten. In der Verwaltung gab es eine neue Kollegin, Ihsan Ibrahim, der er von Anfang an und ohne alles Zögern gezeigt hatte, daß er ihr freundlich gesonnen war. Wenn irgend möglich wollte er auf der Stelle heiraten, denn jede Nacht, die er allein verbrachte, mehrte sein Leid. Ohne sich dessen bewußt zu werden, mußte der Wunsch zu heiraten so enorm gewachsen sein, daß er nun wie heiße Lava aus ihm herausbrach. Ihsan schien indes sein freundliches Benehmen nicht in der gewünschten Richtung zu deuten. Hielt sie es für abwegig, daß ein Mann in seinem Alter ihr den Hof machte? Bloß, was blieb ihm anderes übrig? Die Zeit, da er Sajjida und Unsija geliebt hatte, war entschwunden, und vorbei waren die Tage gierigen Verlangens wie bei Sanija und Asila.

Eines Tages, als Ihsan zufällig in seinem Büro stand, ergriff er die Gelegenheit. »Darf ich Ihnen eine etwas eigenartige Frage stellen, Fräulein Ihsan?«

»Aber natürlich, Herr Osman Bajumi.«

Nach kurzem Zögern fragte er: »Sind Sie verlobt?«

Sie wurde rot und sah ihn zum ersten Mal nicht wie eine Kollegin, sondern sehr fraulich an. »Ja, mein Herr.«

Er fühlte Enttäuschung. »Entschuldigen Sie, aber ich sehe keinen Ring?«

»Nun ja, ich bin so gut wie verlobt.«

Für einen Moment überlegte er. »Ich habe eine Bitte, aber das müßte unter uns bleiben.«

»Ich höre.«

»Könnten Sie mir helfen, eine Braut zu finden?«

Sie sah verdutzt aus, überlegte. Schließlich erklärte sie vorsichtig: »Nun ja, alle, die ich kenne, Freundinnen und Verwandte, sind so alt wie ich, und die kommen für Sie wohl nicht in Frage.«

Ach, was für eine liebenswürdige Umschreibung für das, was sie eigentlich meinte, nämlich: Für die kommen Sie nicht in Frage. Doch die Verzweiflung war zu groß, um noch einzulenken. »Kann man in meinem Alter nicht mehr heiraten?«

»Warum nicht? Es gibt für jedes Alter etwas Passendes.«

»Danke, und entschuldigen Sie meine Aufdringlichkeit.«

»Es freut mich, wenn ich Ihnen helfen kann.«

Als sie gegangen war, ließ er seiner Wut freien Lauf. Sie hätte glücklich sein müssen, ihn zu bekommen, und wenn sie ihn nicht schon für sich selbst wollte, dann wenigstens für eine Verwandte oder Freundin. Als ob er ein alter Lappen wäre, ein Restbestand, der bei der jährlichen Inventur zum Verkauf angeboten wurde. So wenig Chancen der Plunder dort hatte, so gering war sein Glück in puncto Heirat, höchstwahrscheinlich sogar dann, wenn die teure Hoffnung, sein Lebenstraum, in Erfüllung gegangen wäre und er im Chefzimmer säße. Die Zeit schwang die Peitsche, und er war nicht mehr stark genug, um dem Feind die Stirn zu bieten. Aber mit jedem Tag beschäftigte ihn der Gedanke ans Heiraten mehr, bis er schließlich ebensoviel Raum im Kopf einnahm wie die zwanghafte Vorstellung von der Beförderung. Fräulein Ihsan ließ sich nicht blicken, überbrachte keine Antwort. Vor lauter Verrücktheit begann er, auf der Straße und im Bus mit Frauen zu flirten, aber da er keine Erfahrung in so etwas hatte, zeigte sich auch kein Erfolg. Also sah er sich gezwungen, diesen hilflosen Versuch aufzugeben. »Ach«, stöhnte er, »was für eine Vergeudung von Leben.«

Verärgert fragte er sich, warum er solche Schwierigkeiten hatte, obwohl er doch von seinen ursprünglichen und etwas hinderlichen Bedingungen längst abgerückt war. Gewiß spielte das Alter eine Rolle, aber es war nicht alles. Wahrscheinlich zog man Erkundigungen ein, und im Handumdrehen wußte man alles über Klasse und Rasse. Das war dann schon der zweite Schandfleck. In der Tat, er war ein Mann in reifem Alter und von niedriger Herkunft. Gott weiß, was man noch über ihn erzählte, denn eine herausragende Persönlichkeit wie er erzeugte nun einmal Neid. Er wußte schon lange, daß er, der über menschliche Schwächen erhaben war, keinen wahren Freund auf dieser Welt hatte.

Nacht und monotone Gewöhnung brachten ihn zu Kadrija, in den kahlen Raum. Was hat die Welt Schöneres zu bieten, dachte er verbittert, denn als stellvertretender Direktor eine Hure zu haben, die eine halbe Negerin ist. Kadrija kicherte. »Zum ersten Mal trinkst du zwei Gläser Wein, ist was passiert?«

O ja, es war etwas passiert, er fühlte Schwindel im Kopf. Völlig zusammenhanglos erklärte er: »Du mußt wissen, Kadrija, daß ich ein gläubiger Mensch bin.«

»Gott sei Dank«, erwiderte sie beiläufig und schlang ein rotes Tuch um das dicke Haar.

»Würde ich nicht glauben, daß die Welt heilig ist, weil Gott sie erschaffen hat, wäre ich es zufrieden, wie ein Tier zu leben.«

Sie starrte ihn etwas dümmlich an, dann sagte sie: »Die haben beschlossen, uns abzuschaffen. Verfluchtes Pack.«

Ohne hinzuhören, sprach er weiter: »Aber Gott in seiner Größe ...«

»Die wollen uns abschaffen!« unterbrach sie ihn.

»Wie bitte?«

»Hast du nicht mitgekriegt, daß die Prostitution verboten werden soll?«

Hatte er nicht. In der Zeitung las er nur die Todesanzeigen und amtlichen Mitteilungen. »Ach, wirklich?« fragte er verstört.

»Jedenfalls hat man uns das mitgeteilt.«

»Eigenartig.«

»Wer arbeiten will, soll Arbeit bekommen. Was kann das schon groß sein? Verflucht sollen sie sein, hier und im Jenseits. Haben sie etwa schon alles in Ordnung gebracht, und nur wir sind noch übrig?«

»Vielleicht ist es nur dummes Gerede, in diesem Land wird doch nur geredet.«

»Lieber Herr, die haben uns offiziell informiert!«

»Und wann soll Schluß sein?« fragte er besorgt.

»Noch vor Jahresende.«

Es setzte Schweigen ein; nur das Geschrei und Gezänk von der Straße waren zu hören. Er hatte sich auf vieles gefaßt gemacht, aber daß eine solch schlimme Geschichte passieren könnte, nein, darauf wäre er nie und nimmer gekommen. Bedrückt murmelte er: »Dann wird's an jedem x-beliebigen Ort Bordelle geben ...«

»Und Krankheiten auch.«

»Tausende von Mädchen aus gutem Haus werden sich anbieten.«

»Was soll man machen, wenn man keine Arbeit kriegt.«

Er seufzte. »Und was wirst du tun?«

»Als Wäscherin im Krankenhaus arbeite ich jedenfalls nicht.«

»Kannst du mir nicht deine Privatadresse geben?«

»Wir werden unter strenger Kontrolle stehen.«

Verzweiflung packte ihn. »Wie stellst du dir deine Zukunft vor?«

»Ich werde heiraten«, erklärte sie im Brustton der Überzeugung. »Mir bleibt nichts anderes übrig.«

Das saß wie ein Schlag. Er füllte sich das Glas zum dritten Mal. »Hast du einen Kandidaten?«

»Den zu finden ist kein Problem.«

»Und wie?«

»Ich habe fünfhundert Pfund, für hundertfünfzig kann ich eine Wohnung herrichten, und den Rest hebe ich vorsichtshalber auf. Gibt es nicht eine Menge Männer, die in einem solchen Fall heiraten würden?«

»Klingt vernünftig.«

Sie lachte. »Wenn du einen kennst, der in Frage kommt, sag mir Bescheid.«

Als er gegen Mitternacht unter den Arkaden nach Hause schlich, stieß er auf einen Betrunkenen, der sich erbrach. Er empfand unerträglichen Ekel, zu dem sich Einsamkeit, Verzweiflung und der Wunsch, Selbstmord zu verüben, gesellten. Ohne zu überlegen, drehte er um und ging den Weg stracks, wenn auch schwankend, zurück. Auf der Treppe begegnete ihm Kadrija, die sich auf den Heimweg machen wollte. Er hielt sie an. »Ich habe den Richtigen gefunden.« Wenn er im Dunkeln auch nicht ihr Gesicht sehen konnte, ahnte er, was für einen Eindruck der Satz machen mußte. »Laß uns auf der Stelle heiraten.«

32

Am nächsten Tag war er noch immer zur Heirat entschlossen. Kadrija war weniger überrascht gewesen, als er vermutet hatte. Ein prüfender Blick, als wollte sie sich seiner Glaubwürdigkeit vergewissern, und dann hatte sie zustimmend genickt. Wahrscheinlich hielt sie ihn für den eigentlichen Gewinner, denn immerhin investierte sie fünfhundert Pfund.

»Laß uns gleich zum Kadi gehen«, drängte er.

»Werd erstmal richtig wach«, erwiderte sie und strahlte vor Glück. »Wart's ab, bis es Tag ist.«

Die Nacht verbrachte er in ihrer kleinen Wohnung in der Schamaschirgi-Gasse. Als es Morgen war, schlug er vor: »Wir richten unser neues Heim her, und dann heiraten wir.«

»Wir heiraten zuerst, bevor wir uns um eine Wohnung kümmern«, war ihre entschiedene Antwort.

Der Kadi wurde gerufen, aber noch fehlten zwei Zeugen. Die einzigen, die sie finden konnten, waren zwei Zuhälter, die Kadrija von der Arbeit her kannte. Als die schlichte Zeremonie ablief, sah er verstört zu. Was ging hier vor sich? Es überfiel ihn eine solche Angst, daß es fast schon an Entsetzen reichte. Ach, könnte doch nur die Welt des Unbekannten ein Ereignis geschehen lassen und diesen Alptraum, der ihn schier zerriß, im Nichts auflösen. Gleich darauf tauchte er in eine Woge von Resignation ein, die in bedenkliche Nähe von Leichtsinn kam. Er merkte, wie fassungslos Kadrija und die beiden Zuhälter waren, als er, nach der Nennung des Namens, seine derzeitige Beschäftigung angab. Sie werden mich für verrückt halten, dachte er, und alle anderen auch. Vielleicht war es nur recht und billig, sich von heute an einzugestehen, daß er dem Wahnsinn verfallen war. Der heiß ersehnte Wunsch, den er wie besessen Wirklichkeit werden lassen wollte, ging in Erfüllung – mit einer Frau im vorgeschrittenen Alter, die eine halbe Negerin war, massig wie eine Kuh, und ein halbes

Jahrhundert Gemeinheit und Unzucht auf dem Rücken herumschleppte. Deren Ehemann war er nun, so wie Kadrija, die Gespielin seit Jugendtagen, seine Ehefrau war. Was hatte er sich angetan? Nun denn, er mußte ein neues Leben beginnen.

Da ihm beim Besuch von Hamza as-Suwaifi die Gegend von Rod al-Farag gefallen hatte, mietete er dort eine Wohnung. Sie bestand aus drei Zimmern und einer Diele. Gemeinsam gingen sie los, um die Möbel zu besorgen, allerdings nur unter der Bedingung, daß Kadrija den Schleier trug. Aus Anstand, wie er sagte, aber tatsächlich ging es ihm darum, daß kein alter oder neuer Kunde sie erkannte. Sie richteten sich ein Schlafzimmer und ein Eßzimmer ein, und der dritte Raum war als Arbeits- und Wohnzimmer gedacht. Sie kauften sich Kleidung, ein Radio und was sonst noch gebraucht wurde. Jeder beteiligte sich an den Kosten mit hundert Pfund. Da ihn der Leichtsinn ohnehin in die Klauen bekommen hatte, änderte sich auch sein Verhältnis zum Geld. Wann immer es sich erforderlich machte, gab er es mit verzweifelter Ergebung aus, hoffend darauf, daß sie stärker war als der sonstige Schmerz, den er in ähnlichen Situationen immer empfunden hatte. Er fühlte den starken Wunsch, all jene Köstlichkeiten des Lebens zu genießen, die er sich bisher versagt hatte. Es gab einen bewegenden Abschied von Umm Husni, die es nicht fassen konnte, daß er auszog. »Geh nicht weg von hier«, schluchzte sie, »es ist nicht gut, den Ort, an dem man geboren wurde, zu verlassen.«

Ihm fiel der Abschied nicht schwer, und er hatte auch nicht lange gebraucht, um zu wissen, daß er Kadrija nicht ins Hussain-Viertel bringen konnte. Für ihn war und blieb das Viertel das Symbol für Verfall, Entbehrung, Zugrundegehen und trostlose Erinnerungen. Alles sichtbare und unsichtbare Leid ersäufte er im Genuß dessen, das ihm das Leben jetzt bot, und beharrlich redete er sich ein, daß Kadrija die einzige Frau war, die er schon immer geliebt hatte. Wie sonst hätte es sein können, daß er ein Leben lang mit ihr verkehrt hatte? Sie war es, die keine Anstrengung scheute, der Rolle der Hausfrau in diesem »noblen« und für sie völlig neuen Milieu gerecht zu werden. Der Wechsel vom berüchtigten Gäßchen hierher mußte ein geradezu phantastischer Sprung sein. Inständig betete er zu Gott, daß niemand, der sie von früher kannte, sie hier entdeckte. »Laß dich ja nicht mit den Nachbarn ein«, ermahnte er sie.

»Warum nicht?«

»Weil ihr Benehmen zu wünschen läßt.« Nichts fürchtete er mehr als einen Streit mit einer Nachbarin. Sie würde alle Vorsicht vergessen und mit einer wahren Sturzflut von Obszönitäten und Gemeinheiten, die tief im Innern lauerten, über ihre Widersacherin herfallen. Ansonsten war es nicht zu leugnen, daß sie sich große Mühe gab, ihn glücklich zu machen und das neue Leben zu meistern. Im Verlauf der Zeit faßte er mehr und mehr Vertrauen und lebte im Einvernehmen mit den veränderten Gegebenheiten. Er genoß die freundliche Geselligkeit, Ruhe, Ordnung und

Sauberkeit. Nun konnte er ohne Beklemmung und schlechtes Gewissen sein Gebet verrichten, mehr noch, er glaubte sogar, Gott näher zu sein, weil er eine verlorene Seele, möglicherweise sogar zwei verlorene Seelen, vor dem Verderben gerettet hatte. Er war überzeugt, den ihm zugedachten Anteil vom irdischen Leben bekommen zu haben und es Zeit wäre, ans Jenseits zu denken. Also faßte er den Entschluß, ein Grabmal errichten zu lassen. Er holte sich Rat bei Fachleuten ein, kaufte mit ihrer Hilfe ein Stück Boden auf dem Chafir-Friedhof und setzte den Bau eines angemessenen Grabmals in Gang. Kontrollierte er den Fortgang der Arbeit, ließ er sich oftmals von einem Architekten der Bauabteilung des Ministeriums begleiten.

Eines Tages, als er wieder einmal mit ihm unterwegs war, fragte der Mann, ob es nicht ein altes Familiengrab gäbe.

Mit fester Stimme erwiderte er: »Ein sehr altes, und es ist voll mit Vätern, Großvätern und Urgroßvätern. Deshalb muß eine neue Grabstätte her.«

»Zwischen neuen und alten Gräbern ist ein himmelweiter Unterschied«, meinte der Mann. »Neue sind viel schöner, moderner.«

»Ein eigenes Haus muß man, wie ich meine, nicht haben, eine Mietwohnung erfüllt den gleichen Zweck. Aber um eine Grabstätte kommt man nicht herum, sonst geht die Würde des Menschen verloren.«

Der Architekt lachte. »In Indien verbrennt man den Leichnam.«

»Gott bewahre!« stöhnte er.

Wieder lachte der Mann. »Wollen Sie meine Meinung hören? Ich finde, daß das Feuer die menschliche Würde eher bewahrt als die Erde. Haben Sie noch nie überlegt, wie die Zersetzung des Leichnams vor sich geht?«

»Nein, habe ich nicht«, wehrte er ungehalten ab. »Und es besteht auch kein Grund, es herauszufinden.« Er dachte kurz nach, dann fragte er: »Sollte man nicht einen Waschraum einbauen?«

»Eine Menge Leute würde davon Gebrauch machen, und zwar in ziemlich ekliger Weise.«

»Aber einen Baum müßte man pflanzen, oder Efeu.«

»Kein Problem, den könnte man von außen gießen.«

Als der Bau beendet war, machte er, bevor er die restlichen Kosten bezahlte, einen Kontrollgang. Voller Bewunderung glitt sein Blick über die Grabstätte. Die Tür stand offen, und die Treppe, die in die Grabkammer hinunterführte, lag in hellem Sonnenschein. Er beugte sich ein wenig vor, um einen Blick auf den glatten, frischen Boden zu werfen. In Licht getaucht, glänzte er rein und sauber. Völlig unerwartet überfiel ihn eine seltsame Ruhe. Das Haus für die Ewigkeit war errichtet; seine Knochen würden nicht wie die seiner Eltern in einem Haufen verlorengehen. Und plötzlich, auch darauf war er nicht vorbereitet, überströmte ihn eine eigenartige, warme Empfindung, die ihm verführerisch zuraunte, sich auf den hellen, sauberen Boden zu legen. Koste den Frieden aus, den dir das Leben nie beschieden hat, genieß die Stille, die dir im hitzigen Widerstreit der Gefühle nicht gegeben war. Ein Ruf aus dem Unbekannten, und für einen Moment war er versucht, ihm Folge zu leisten und von der Welt mit ihren Schmerzen und Hoffnungen abzulassen. Erst nach und nach, als er den Friedhof verließ und sich auf dem Heimweg befand, fand er die Kraft, sich von dem klammernden Zugriff des so fremdartigen Gefühls zu lösen. Ach, wie sehr wünschte er sich, die Gebeine der Eltern dem neuen Grab anzuvertrauen, auf daß es ihm noch vertrauter würde. Doch das war unmöglich; ins Armengrab wurden so viele Leichen gepackt, daß man die Reste nicht unterscheiden konnte.

Im Versuch, sich von der Richtigkeit seines Tuns selbst zu überzeugen, murmelte er: »Kein Zweifel, mein Leben ist besser als je zuvor.«

Was nicht heißen sollte, daß er sich von Gottes Wegen und seinem ewigen Wort abgewandt hätte; er spürte lediglich eine gewisse Mattheit.

33

Sollten die Tage doch verstreichen! Was auch immer geschah – er nannte ein Heim sein eigen und besaß ein Grab. Viele neue Gerichte lernte er kennen, brauchte nicht nur das übliche wie Hammelkopf, Kuschari, Ful, Tamija, Linsen und Saubohnenbrei zu essen. Er machte auch die Erfahrung, daß Geld noch für anderes taugte als das Horten in der Postbank.

Aber flossen die Tage nicht auch eintönig und schwerfällig dahin? Sollte er alle Hoffnungen endgültig aufgegeben haben?

Aus dem großen Fluß der Zeit brach eine freche Welle hervor und sorgte unvorhergesehen für Aufregung. Schicksale und Geschicke gerieten durcheinander, die Welt wurde neu erschaffen. Eines Morgens tobte durchs Ministerium die Nachricht, daß der Ministerialdirektor, Herr Bahgat Nur, Staatssekretär geworden war. Seit langer Zeit war damit zum ersten Mal der Sessel des Ministerialdirektors frei. Manch ein Herz klopfte für die Dauer von zwei Wochen heftig, bis endlich der Beschluß kam, Herrn Abdallah Wagdi zum Ministerialdirektor zu befördern; aus dem derzeitigen Verwaltungsdirektor wurde eine regelrechte »Exzellenz«. Ach, wie begann da ein Herz zu rasen, das doch etliche Zeit schon Ruhe gefunden hatte. Und so fragte sich Osman, ob er nicht der einzig legitime, naturgegebene Kandidat sei. Was, bitte, machten die also? Es vergingen etliche Wochen, und nichts geschah. Er wurde beim Ministerialdirektor vorstellig, er sprach mit dem Staatssekretär. Nun ja, hieß es, die Position des Verwaltungdirektors sei eben doch sensibel, und als er nachhakte und wissen wollte, was das zu bedeuten hätte, erklärte man ihm: »Für eine solche Position reichen Qualifikation und Tüchtigkeit nicht aus, da wird auch auf den sozialen Status geachtet.«

Aufgebracht schrie er: »Ach was, das mag vielleicht für den Minister und meinethalben auch für den Staatssekretär gelten, aber was den Verwaltungsdirektor, selbst den

Ministerialdirektor betrifft – davon sollten Leute aus dem Volk nicht ausgeschlossen werden! Das war Brauch, seit die britischen Beamten abgezogen wurden, und anders darf es nicht sein!«

Lange brauchte er sich aber nicht zu ärgern. Noch im selben Monat fiel die Entscheidung, ihn zum Verwaltungsdirektor zu machen. Wann immer er sich später an diesen glücklichen Tag erinnerte, geriet sein Gemüt in Bewegung. »Ach«, seufzte er dann, »ein Wimpernschlag, und das Wunder war geschehen.« Und leise fügte er oftmals hinzu: »Zwischen mir und dem Ministerialdirektor steht jetzt keiner mehr.«

Und wie hatte sich das Wunder vollzogen? Er war der Meinung gewesen, daß sich, bevor er in Pension ging, in der Warteschlange nichts rührte und bewegte. Aber dann gab es einen Wechsel im Kabinett, und da ein Staatssekretär auf den Ministerstuhl kam, setzte völlig überraschend eine Reihe glücklicher Veränderungen ein. Der neue Staatssekretär hieß dann eben Bahgat Nur. Trotz vieler Einwände hätte er ihn, Herrn Osman, empfohlen.

Er bedankte sich überschwenglich, kam aber nicht umhin, bedrückt zu fragen: »Was für Einwände?«

»Sie sind, denke ich, zu lange im Dienst, um sich diese Frage nicht selbst beantworten zu können.«

Wie auch immer, er ging an die neue Aufgabe mit dem Schwung der ersten Jahre heran. Vor Gott gelobte er, in der Chronik der Verwaltung mit seiner Direktorenschaft eine historisch einzigartige Seite aufzuschlagen, auf der Wissen, Intelligenz und glänzende Analysen auf ewig festgehalten waren. Jeder sollte sich überzeugen können, daß die Arbeit des Beamten ein Sakrament war, den Menschen diente und im vollsten Sinne des Wortes Gottesandacht bedeutete. Von Anfang an war er entschlossen, mit Herrn Wagdi offen und ehrlich zusammenzuarbeiten; Kooperation mit dem Ministerialdirektor gehörte zu den heiligen Ritualen des Beamtentums, und außerdem hatte er seine Pflicht noch nie vernachlässigt. Mehr noch, er wollte mit seiner Erfahrung das schwache Leistungsvermögen des neuen Vorgesetzten verdecken und ihm, wo immer er private Dienste brauchte, beistehen, wie im Fall des Herrn Staatssekretärs. Vielleicht konnte er eines Tages ernten, was er gesät hatte. Nun ja, sagte er sich, Abdallah Wagdi war in der Tat sehr jung, doch die Zeit von Zeichen und Wundern war wieder zurückgekehrt. Allerdings verstand er es, nicht allein auf Wunder zu vertrauen. Interessiert betrachtete er den korpulenten Körper des Mannes, und mit heimlicher Freude hörte er zu, wenn sich die Kollegen über dessen Gier beim Essen und Trinken die Mäuler zerrissen. Ein ums andere Mal sagte er sich, daß es genügend Krankheiten gab, die einen solchen Typ heimsuchen konnten.

Er fand es nur recht und billig, solcherlei Gedanken zu hegen. Warum auch nicht? Trotz aller Sünden war er ein gläubiger Mensch, ein Mann Gottes, ein Jünger al-Hussains, und deshalb würde Gott ihn nie aufgeben. Konnte jemand, am Tag des Jüngsten Gerichts, etwas Besseres aufweisen als er mit seinem edlen Ehrgeiz, der Heiligsprechung von Arbeit, dem unerschütterlichen Aufstieg und dem Register guter und für Staat und Volk vollbrachter Taten? Der Staat, sagte er sich, ist Gottes Tempel auf Erden, und vom Maß unseres Einsatzes hängt es ab, welchen Platz wir hienieden und im Jenseits einnehmen.

Leider war es ihm nicht vergönnt, sich für lange eines ruhigen und blühenden Ehelebens zu erfreuen. Mochte er sich noch so viel vorgemacht haben, mochte er von noch so viel Hoffnung geblendet gewesen sein – die Schwierigkeiten kamen nicht gänzlich unerwartet.

»Kadrija, du trinkst zu viel Alkohol.«

Sie sah ihn verblüfft an. »Na klar, und zwar schon immer.«

»Es bietet sich jederzeit die Möglichkeit, schlechte Gewohnheiten zu überwinden.«

»Für so viel Mühe gibt's keinen Grund.«

»Ich würde dich auch gern fasten und beten sehen. Wir haben Gottes Wohlgefallen bitter nötig.«

»Ich bin durchaus gläubig«, fuhr sie ihn verärgert an. »Ich weiß, daß Gott barmherzig ist und gern verzeiht.«

»Du bist eine anständige Frau geworden, und eine anständige Frau betrinkt sich nicht jeden Abend.«

»Und wie soll sie sich betrinken?«

»Überhaupt nicht.«

Sie lachte kreischend los, doch im nächsten Moment krauste sie die Stirn und murmelte bedrückt: »Alles Hoffen ist umsonst.«

»Was meinst du?«

»Wir werden weder ein Mädchen noch einen Jungen haben, dafür ist es zu spät.«

Der Gedanke machte auch ihn traurig, trotzdem sagte er: »Vor uns liegt so vieles, das das Leben glücklich macht.«

Kadrija machte einen halbherzigen Versuch, mit dem Trinken aufzuhören, und danach lief alles wie gewohnt weiter. Eher trank sie noch mehr als vorher, was möglicherweise daran lag, daß Osman in seiner Arbeit vollständig aufging und Kadrija unter furchtbarer Einsamkeit litt.

Eines Tages erwischte er sie dabei, wie sie ein Stück Opium in den Mund steckte. Entsetzt rief er: »Nein!«

Aber sie brüllte zurück: »Halt dich da raus!«

Besorgt fragte er: »Seit wann geht das?«

»Seit Noahs Zeiten ...«

»Aber ...«

»Ohne geht's nicht, es ist stärker als der Tod.«

»Aber Opium und der Tod sind ein und dasselbe!«

»Und wenn schon ...«, meinte sie verächtlich.

Ihn packte Entsetzen. Was hatte er sich angetan? Von welcher glücklichen Illusion hatte er sich täuschen lassen? Was mußte er zahlen, wenn er sich wehrte? An Scheidung zu denken, war sinnlos. Es gäbe einen erbitterten Kampf, der möglicherweise sogar sein Ende bedeuten konnte. »Woher bekommst du das Zeug?«

Keine Antwort.

»Du verkehrst also wieder im alten Milieu, was ja nicht gerade ungefährlich ist.«

»Nun übertreib mal nicht.«

»Kadrija, denk bitte nach! Wenn du dein Leben nicht änderst, richtest du uns zugrunde.«

Von nun an setzte er seine ganze Willenskraft dafür ein, den guten Ruf und die Zukunft zu verteidigen. Nach einer heißen Auseinandersetzung, die schon eher ein Kampf war, brachte er sie in eine psychiatrische Klinik in Heluan. Nach ein paar Monaten wurde sie als geheilt entlassen.

Wenn er geglaubt hatte, eine völlig andere Frau zu Hause vorzufinden, sah er sich dann getäuscht. Ihr einziges Vergnügen schien nur noch aus Essen zu bestehen; gierig stürzte sie sich über alles her, war unersättlich. Im Nu zeigten sich die ersten Spuren – sie wurde fett. Stück um Stück nahm sie zu und bot schon bald einen Anblick, der sowohl lächerlich als auch bemitleidenswert war. Sie war und blieb ein Grund zur Sorge, und so hetzte er hin und her, rieb sich zwischen Arbeit und ihrer Beaufsichtigung auf. Traurig mußte er sich eingestehen, daß diese Frau die einzige Gabe, die er in den wilden Nächten sehr genossen hatte, nicht mehr besaß. Jetzt zeigte sich, was sie in Wirklichkeit war – ein elendes Geschöpf, bar aller Moral, allen Glaubens, aller Vernunft, allen Geschmacks.

Er erinnerte sich, daß einige Kollegen, die ständig politisierten und theoretisierten, die Lage von Frauen wie Kadrija und die Kritik an der Klassengesellschaft in einen unmittelbaren Zusammenhang brachten. Aber war da nicht auch sein »Fall«? War er nicht genauso arm und wehrlos aufgewachsen? Na sicher, aber er hatte zur rechten Zeit im zarten Herzen die heilige Flamme gespürt, das Geheimnis der ewigen Weisheit Gottes entdeckt, war seinen Weg gegangen, und zwar mit jenem Maß an Würde und Leid, das dem Menschen als Geschöpf Gottes angemessen ist. Deshalb empfand er für Kadrija kein sonderliches Mitleid, vielmehr bedrängte ihn die Frage, was er sich angetan hatte. Was, bitte, bedeutete noch das eheliche Zusammenleben, wenn es keine Liebe, keine geistige Beziehung, keine Hoffnung auf Nachkommen, ja, nicht einmal eine menschlich normale Kameradschaftlichkeit gab?

Trotz allem fand er die Kraft, sich zu ermahnen: »Nimm's nicht zu schwer. Du bist nicht mehr so belastbar wie früher. Etwas hat sich verändert; kaum spürbar ist das Neue, zart wie eine Brise, aber von der List des Fuchses. Es ist das Alter. Es ist die Zeit.« Er überlegte ein wenig, dann murmelte er: »Die Zeit macht's, daß wir das Ziel erreichen, und sie ist der Grund, daß alles verlorengeht. Was einzig bleibt und immer währet, ist die Gnade des erhabenen, allmächtigen Gottes.«

34

Wie schon oft war der neuerliche Erfolg schnell vergessen. Die Heiterkeit fehlte, am Himmel waren düstere Wolken aufgezogen, die Arbeit als Direktor erstarrte zu reiner Routine. Nur wenig Zeit war ihm noch vergönnt, also mußte er dieses Amt so schnell wie möglich hinter sich bringen. Wenn nicht, war seine Dienstzeit abgelaufen, und er stand noch immer als Bettler vor der Tür des Blauen Zimmers. Je mehr ihn der Ehrgeiz zermürbte, desto weniger Trost fand er in der Ehe. »O Herr«, sprach er, »laß mich an deinem Wissen teilhaben, auf daß mir die Kraft zuwächst, diese Frau auf den rechten Weg zu führen.«

Aber ach, alle Mühe war vergebens. Im Gegenteil, sie schien sich elender als je zuvor zu fühlen. In der Vergangenheit hatte ihr ihr erbärmliches Leben wohl nichts ausgemacht; Wein und Opium boten gute Zuflucht. Heute hingegen starrte sie, zu verhaßtem Wachsein verdammt, verängstigt ins Leere. Nirgendwo fand sich Trost, nirgendwo Liebe, nirgendwo ein Kind.

Trost und Vergnügen hatte sie ihm in der Hurengasse gespendet, doch hier, im behaglichen Heim, bereitete sie ihm die Hölle. Wenn jeder seines Weges ginge, geschähe vielleicht noch ein Wunder und das Glück stellte sich ein. Ach, stöhnte er, wohin ist die Einsamkeit verschwunden, wo finde ich sie wieder, wo?

Als er eines Tages nach Hause kam, waren ihre Augen gerötet und auf ihren Lippen lag ein zerstreutes Lächeln.

»Trinkst du wieder?« fragte er erschrocken.

Sie nickte ergeben. »Gott sei Dank, ja.«

Er stöhnte. »Dann dauert's nicht lange, und du bist beim Opium angelangt.«

»Ist schon passiert, dem Herrn sei's gedankt.«

»Und was nun?« fuhr er sie scharf an.

Völlig ruhig erwiderte sie: »Es ist alles gut. Gestern nacht habe ich von meiner Mutter geträumt.«

»Wegen dir werde ich noch völlig verzweifeln.«

»Gut so.«

Von nun an tauchte sie ein in ihre imaginäre Welt und ließ ihn allein zurück, ein Umstand, der ihn durchaus erleichterte. Sie war beschäftigt, und er hatte seine Einsamkeit wiedergefunden. Trotz schlechten Gewissens beschloß er, sich dieses Mal ihrem Absturz nicht entgegenzustellen. »Verzeih mir, Gott, meine Gedanken, die grausam sind und dennoch zum Leben gehören.«

Still vor sich hin leidend, erfuhr er, daß man für ihn eine Sekretärin gefunden hatte – Fräulein Radija Abd al-Chalik. Am Tag zuvor hatte ihn der Personalchef gebeten, sich jemanden auszusuchen. »Das ist Ihr Recht, und es kann durchaus auch ein Verwandter sein, wenn der Ihr Vertrauen genießt.«

Sollte der Mann etwa tatsächlich nicht wissen, woher er stammte? Während der vielen Dienstjahre hatte er erfahren müssen, mit welcher Genialität die Beamten geheime Dinge ans Tageslicht und peinliche Geschichten in Umlauf brachten. Garantiert gab es keinen im Amt, dem seine Kutscher-Herkunft unbekannt war. Er hatte also dem Personalchef die Sache überlassen, was den schmeichlerisch sagen ließ: »In puncto Lauterkeit und Rechtschaffenheit sind der Herr Direktor ein großes Vorbild.«

An diesem Morgen trat also Radija Abd al-Chalik ein, grüßte und stellte sich vor. »Die neue Sekretärin, wenn Euer Ehren zustimmen.«

Er fühlte sich angenehm berührt. »Herzlich willkommen. Aus welcher Abteilung kommen Sie?«

»Aus der Personalabteilung.«

»Gut. Und welche Qualifikation haben Sie?«

»Das Diplom der geisteswissenschaftlichen Fakultät, Fach Geschichte.«

»Großartig.« Er wollte nach dem Alter fragen, ließ es dann aber doch sein. Er schätzte sie auf fünfundzwanzig Jahre. Sie war sehr schlank, das üppige schwarze Haar war schlicht gekämmt und faßte das schmale, braune Gesicht wie ein Rahmen ein. Die kleinen Augen blitzten, der offene Blick sprach von Intelligenz. Der eine Schneidezahn stand etwas vor; an sich ein Makel, aber in ihrem Fall verlieh das ihrem Mund etwas besonders Reizvolles. Sie war attraktiv, und das regte ihn auf. Insgeheim verfluchte er die glückliche Wahl, die der Personalchef getroffen hatte. Aber er sagte sich auch, daß er in dieser Hölle etwas wie einen Schutz brauchte.

Vom ersten Augenblick an fühlte sich sein Herz bei ihrem Anblick heiter und gelöst; der heimliche Wunsch, Zuflucht zu finden, spielte eine nicht unerhebliche Rolle. Mit der Zeit hing er immer mehr an ihr, vor allem nachdem er erfahren hatte, daß sie Waise war und bei einer ledigen Tante wohnte. Er wußte genau, wonach er sich sehnte, was er sich wünschte, wovon er träumte, trotzdem war er meilenweit davon entfernt, und wäre es nur in Gedanken, eine Dummheit zu begehen. Es reicht, sagte er sich, daß ich gleich morgens ihr hübsches Gesicht sehen darf.

Ihre Höflichkeit, ihr gutes Benehmen, ihre Zartheit, der sanfte Blick nahmen ihn gefangen. Er kam auf die einfache Erklärung, daß die Sekretärin eines Direktors von diesem gediegenen Format sein mußte, vor allem wenn der Chef ihr Vater sein könnte. Aber warum beschäftigte sie ihn, und zwar mehr als notwendig? Was war es, mit dem sie sein Leben plötzlich von angenehmem, durchdringendem Duft erfüllte? Es gibt Momente im Leben, sagte er sich, in denen sich ein ernsthafter Mensch und ein vergnüglicher Genießer außerordentlich nahekommen. Und zu Gott flehte er: »O Herr, vergib und verzeih mir!«

Er beobachtete sie beim Arbeiten. Eines Tages fragte er ganz direkt: »Ist die Tätigkeit hier nicht zu schwer?«

»Aber nein«, erwiderte sie spontan, »ich liebe es, angestrengt zu arbeiten.«

»So geht es mir auch, seit meiner frühesten Jugend. Und eins kann ich Ihnen sagen – es lohnt sich, sich anzustrengen.«

»Aber es heißt, daß ...«

»Ich weiß, ich weiß«, unterbrach er sie. »Ich will auch nicht abstreiten, daß vieles eine Rolle spielt ... Beziehungen, Vetternwirtschaft, Parteizugehörigkeit, lauter so widerwärtiges Zeug. Aber Leistungsfähigkeit ist ein Wert, der zählt. Leute, die trotz Unfähigkeit in hohe Positionen gelangt sind, brauchen tüchtige Mitarbeiter, die die eigenen Mängel wettmachen.« Von ihrem Charme gefangengenommen, lächelte er und fuhr fort: »Ich habe mich auf meinem schwierigen Weg immer nur auf Gott den Erhabenen und auf hartes Arbeiten verlassen.«

»O ja, das hört man überall ...«

Tatsächlich? Und was sonst noch? Vielleicht auch etwas über seinen Hintergrund, dessentwegen die Heiratsvermittlerin Umm Zainab nie etwas von sich hatte hören lassen? Ach was, das spielte jetzt keine Rolle mehr. »Um ehrlich zu sein, bin ich mit Ihrer Arbeit voll und ganz zufrieden.«

Ein Lächeln huschte über ihr Gesicht. »Für Ihre Güte, mich so zu ermutigen, bin ich Ihnen zu tiefstem Dank verpflichtet.«

Was für eine lautere, heitere Stimmung! Ungetrübt, und doch vielversprechend. Das Herz verströmt jene heilige Freude, die die Liebe ihren Lauf nehmen läßt, harmonische Ehen stiftet und glückselige Freundschaft mit sich bringt. Da irrt einer jahrelang herum, und plötzlich stolpert er trotz aller mißlichen Umstände in eine Situation hinein, die reiches Glück verspricht. Manchmal stimmt der Ort, aber nicht die Zeit, oder umgekehrt, woraus zu schließen ist, daß es das Glück zwar gibt, aber der Weg, auf dem man es erreicht, nicht immer glatt und eben ist. Von dem Spiel, das Ort und Zeit mit einem treiben, hängt es ab, ob dir das Leben das wahre Glück bringt oder dir einen dummen Streich spielt. Nun ja, eins darfst du nicht vergessen – die Fehler, die du gemacht hast. Fehler? Sajjida, Asila, Unsija ... Nur allzuoft sagte er sich im Verlauf der nächsten Tage: Herz, gib acht. Wie üblich fürchtete er sich vor Radija im gleichen Maß, wie er sie mochte. Wie üblich überließ er sich dem Lauf des Lebens, um eine unbekannte Macht sein Schicksal entscheiden zu lassen.

35

Während die Tage mit der Arbeit im Büro und dem Kummer zu Hause ausgefüllt waren, brannte im Herzen die Sehnsucht. Das Universum schien stillzustehen, Abdallah Wagdi thronte auf dem Sessel des Ministerialdirektors, unverrückbar wie die Große Pyramide. Nicht den geringsten Schimmer Hoffnung gibt's, dachte er bedrückt. Woher sollte diesmal das Wunder kommen?

Vom schwarzen Haar waren nur spärliche Härchen übriggeblieben, wegen der nachlassenden Sehkraft brauchte er eine Brille, die Verdauung klappte nicht mehr wie gewohnt, so daß er zum ersten Mal im Leben Tabletten nehmen mußte, und vom vielen Sitzen am Schreibtisch und dem völligen Fehlen jedweder körperlichen Ertüchtigung in Form von Sport, war der Rücken bucklig geworden. Doch er tröstete sich mit dem Satz: »Noch bin ich Gott sei Dank bei Kräften.« Und als er sich einmal länger als sonst im Spiegel betrachtete, entfuhr ihm: »Noch bin ich akzeptabel.«

Zu jener Zeit legte er einen umfassenden Kommentar zum Beamtenrecht vor, ein Buch, das für viel Aufsehen sorgte. Trotz des Alters ließ er in seiner enormen Schaffenskraft, ob nun bei der Büroarbeit oder beim Übersetzen, nicht nach. Einerseits machte ihm beides Spaß, andererseits konnte er damit sowohl vor dem Alptraum der Ehe als auch vor dem neu entfachten Gefühl fliehen, das ihn, wie er meinte, in die Nähe von sträflichem Leichtsinn brachte. Er kam nicht umhin, vor sich selbst zu bekennen, daß das einzige Glück, das die Welt ihm bot, die Zeit am Morgen war, wenn er mit Radija die Post durchsah. Grußworte, Lächeln, Kommentare, Korrekturen, versteckte Scherze, zurückhaltende Komplimente für Frisur, Schuhe oder Bluse.

Einmal, als er gerade wieder ihr Haar bewunderte und sie laut überlegte, ob sie es nicht kürzer tragen sollte, rief er laut: »Auf keinen Fall!«

Sie lächelte; daß der Chef bei einer nicht dienstlichen Angelegenheit so nachdrücklich protestierte, mußte sie überraschen.

»Aber ...«

»Lassen Sie das Haar, wie es ist«, unterbrach er sie.

»Aber die Mode ...«

»Was Mode ist, weiß ich nicht. Ich mag einfach Ihre Frisur.«

Sie wurde rot. Prüfend sah er sie an, konnte aber keine Spur von Mißfallen entdecken. Er beschloß, Erfahrungen aus einst glücklichen Momenten zu nutzen. Als der richtige Morgen dafür kam, überreichte er ihr ein hübsches, kleines Etui.

Verwirrt sah Radija ihn an.

»Was ist das?«

»Ein kleines Geschenk anläßlich eines großen Tages.«
»Aber wieso? Woher wissen Sie, daß ich ...«
»Mögen Sie noch viele solcher Ehrentage feiern.«
»Es stimmt, heute ist mein Geburtstag.«
»Ich weiß.«
»Sie sind wirklich zu nett, ich ... ich«, sie kam ins Stammeln, »ich verdiene das nicht.«
»Reden fällt Ihnen wohl schwerer, als Eindruck zu machen.«
»Ich bin so dankbar ...«
»Und ich so glücklich.« Er seufzte, nahm all seine Kraft zusammen und überließ sich dann, ohne länger Vorsicht walten zu lassen, ganz dem Gefühl, lieferte sich willentlich den Gefahren hitziger, gefährlicher Erregung aus. »Was soll ich machen? Es ist Liebe.«
Sie senkte den Blick und nahm mit schicksalsergebener, süßer Demut das Geständnis entgegen.
»Das ist das Letzte, worüber ich sprechen sollte, aber was kann man tun?«
Ihr braunes Gesicht wurde rot bis zum Haaransatz, doch statt zu gehen, setzte sie sich hin, als wollte sie noch mehr hören.
»Ich bin nicht mehr jung, wie Sie sehen ...« Er hielt inne. »Außerdem bin ich verheiratet.« Ja, und was wollte er? Vielleicht wollte er den zu erwartenden Fehlschlag, der seinen Ehrgeiz treffen würde, oder den Tod nicht allein, ohne eine liebende Seele, ohne Nachkommen erleiden. Er holte Luft, wiederholte: »Was soll ich machen? Es ist Liebe.«

Wieder setzte Schweigen ein. Nichts sollte ihn länger kümmern, also fragte er angeblich scherzhaft: »Na, und was ist Ihre geschätzte Meinung?«

Sie lächelte und wisperte etwas, das nicht zu verstehen war.

»Wahrscheinlich halten Sie mich für reichlich egoistisch?«

»Aber nein, ganz und gar nicht«, hauchte sie.

»Auch nicht für senil?«

Ein kleines, sanftes Lachen war zu hören.

»Dichten Sie sich nicht mehr an, als ist.«

»Schön, das zu hören, aber machen wir jetzt?« Keine Antwort. »Ich möchte unbedingt Ihre Meinung hören«, beharrte er.

Mit großem Ernst erwiderte sie: »Die Situation ist ziemlich heikel und verwirrend. Mir wäre es nicht recht, wenn ich die Gefühle eines anderen Menschen verletzen würde. Das täte mir leid ...«

»Ach, spielen Sie auf meine Frau an?«

»Nun ja, daran muß man doch denken ...«

»Das können Sie mir überlassen, dafür bin ich verantwortlich.«

»Gut.«

»Aber ich würde gern wissen, was Sie sonst denken?«

Offensichtlich hatte sie ihre Gefühle wieder voll im Griff, denn recht bestimmt sagte sie: »Genügt Ihnen das bereits Gesagte nicht, um daraus Schlüsse zu ziehen?«

»O Radija, wie glücklich ich bin! Das kann doch nur heißen, daß Sie meiner Liebe Ihren Segen geben?«

»Ja«, entgegnete sie mutig.

Vor Freude trunken, fühlte er sich wie berauscht. »Soll kommen, was will«, erklärte er mit erhabener Gelassenheit und fügte leise und anrührend hinzu: »Ich muß gestehen, daß ich noch nie glücklich gewesen bin.«

»Wirklich? Das hätte ich nicht gedacht.«

»Mein Leben war immer hart, und meine Ehe ist ein einziges Unglück.«

»Unvorstellbar.«

»Wieso?«

»Sie kamen mir immer so weise vor, und für mich sind alle weisen Menschen glücklich.«

»Komische Idee.«

»Tut mir leid ...«

»Ich jedenfalls bin jetzt glücklich, weil ich Ihre Liebe habe.« Er kam sich vor, als hätte er das größte Los seines Lebens gezogen. O ja, die Liebe war eine Macht, die gleich nach der von Gott dem Allmächtigen kam.

Der Lauf der Dinge machte es erforderlich, daß er sie nach Sajjida Zainab begleitete, wo sie wohnte. Sie wollte ihn ihrer alten Tante vorstellen. Von Anfang an hatte er das Gefühl, daß die Frau ihm ablehnend gegenüberstand. Ihre Haltung war eindeutig, und sie machte kein Hehl daraus. Die Diskussion ging hin und her, und schließlich forderte die Tante gereizt: »Lassen Sie sich erst mal scheiden!«

»Das kann ich nicht, sie ist krank«, entschuldigte er sich.

»Sie sind nicht nur alt, sondern auch unglaubwürdig«, fuhr sie ihn scharf an.

Empört mischte sich Radija ein. »Laß gut sein, nimm es ihr nicht übel.«

Wie er sich das Leben denn vorstelle, wollte die Alte wissen, und kaum hatte er vorgeschlagen, für kurze Zeit diese zweite Ehe nicht bekanntzugeben, da schrie und jammerte sie: »Ach, du großer Gott! Wie entsetzlich!« Sie forderte Radija auf, ihre Meinung zu sagen. Die kam prompt: »Wir haben uns darauf bereits geeinigt. Auch wenn ich nicht sonderlich glücklich bin, habe ich es akzeptiert.«

»Tu, was du willst!« schrie die Alte. »Ich halte die ganze Sache nicht nur für einen Fehler, sondern auch für eine Sünde!«

»Tante!«

Doch die ließ nicht ab von ihrer Wut und fuhr ihn an: »Wollen Sie unsere Schwäche ausnutzen, weil wir arm und ohne Familie sind?«

Zum ersten Mal wurde Osman richtig wütend, und empört rief er: »Wenn hier einer weiß, was Armut und Schutzlosigkeit bedeuten, dann bin ich das.«

»Soll doch jeder seiner Wege gehen und für sich sorgen«, bat die Tante.

Aber Radija blieb hart. »Wir wollen zusammenleben.«

»Dann kann ich also nichts ausrichten, möge Gottes Wille geschehen.«

Einen Monat später fand in der Wohnung der Tante die Hochzeit statt. Die Einrichtung wurde ergänzt, um zum neuen Leben zu passen. Dachte Osman zurück, hatten sich bisher Traum und Alptraum abgewechselt, aber dieser letzte Traum war der glücklichste, den er erleben durfte. Er pflegte bis gegen Mitternacht bei Radija zu bleiben, dann kehrte zurück nach Rod al-Farag. Kadrija, die in ihrem eigenen Reich lebte, stellte niemals Fragen. Weder wollte sie wissen, wo er gewesen war, noch was er so lange gemacht hatte. Er hielt es für klüger, erst dann an Kinder zu denken, wenn die zweite Ehe offiziell bekanntgegeben war. Auf diese Weise konnte er Radija Unannehmlichkeiten von seiten der Kollegen ersparen.

In seinem übergroßen Glück vergaß er Alter, Karriere und Kadrija und konnte sich nicht oft genug sagen, daß das Leben einzig dafür geschaffen war, den Wundern göttlicher Vorsehung eine Bühne zu bieten.

36

Zum ersten Mal trug er elegante Kleidung – einen grauen Anzug aus englischem Wolltuch, passend dazu englische Schuhe, und Hemd und Krawatte hatte Radija eigenhändig ausgewählt. Erstmalig schluckte er Vitamintabletten, und überhaupt achtete er mehr als je zuvor auf Gesundheit und Sauberkeit.

»Mit dir, meine Liebste, fange ich im wahrsten Sinne des Wortes ein neues Leben an«, sagte er. Er küßte sie, bevor er hinzufügte: »Und wir werden Söhne und Töchter haben.« Er überlegte eine Weile. »Wie alt man werden darf, darüber entscheidet Gott allein, aber immerhin komme ich aus einer Familie, in der die meisten in hohem Alter gestorben sind. Ich bete zu Gott, daß er uns noch viele gemeinsame Jahre schenkt.«

Radija gab ihm einen Kuß und flüsterte: »Mein Herz sagt mir, daß wir eine glückliche Zukunft vor uns haben.«

»Das gläubige Herz ist der beste Führer. Mein Glaube ist groß genug, um meine Fehler verzeihbar zu machen, und dem Staat habe ich mit einer Treue gedient, die, wenn immer ich gefehlt haben sollte, es wiedergutgemacht hat. Trotzdem werde ich, wenn alles ins Lot gekommen ist, die Pilgerfahrt antreten, damit Geist und Körper aufgefrischt werden.«

Mit Kadrija ging es immer mehr bergab, dennoch sah er keinen Anlaß, sich ihretwegen Sorgen zu machen. Sie tat ihm leid, und aus diesem Grund scheute er davor zurück, ihr von der zweiten Ehe zu erzählen.

Bei allem, was geschah, vergaß er nie, daß der Zeitpunkt der Pensionierung immer näher rückte; der Traum seines Lebens hatte keine reale Chance mehr. Doch die Hektik der Tage brachte das zustande, was keiner für möglich gehalten hatte – Abdallah Wagdi wurde Staatssekretär im Außenministerium. Plötzlich und ohne Vorankündigung stand der Sessel des Ministerialdirektors frei. Da schloß er die Augen und beschwor das Herz, nicht gar so heftig zu pochen. Alles, was sein Leben ausmachte – Frau, Freuden, Erwartungen – war angesichts der Vakanz des Postens ausgelöscht. Der Ehrgeiz, mühsam unterdrückt, brach aus ihm hervor, und er verwandelte sich wieder in den alten Eiferer, der im Tempel des heiligen Aufstiegs seinen Dienst versah.

»Alle Welt spricht davon«, sagte Radija, »daß du der einzig mögliche Kandidat bist.«

»Möge Gott die Hoffnung erfüllen«, flehte er. »Was ist das Leben doch seltsam«, fügte er sanft hinzu. »In einem einzigen Augenblick wischt es mehr Leid aus, als ein ganzer Ozean hinwegspülen könnte. Das Leben ist wie eine zärtliche Mutter, mag es uns manchmal auch noch so hart behandeln.«

Schnurstracks machte er sich ins Außenministerium auf, um Herrn Abdallah Wagdi zu beglückwünschen. Der Mann begrüßte ihn freundlich. »Lassen Sie mich Ihnen sagen, Herr Bajumi«, erklärte er höflich, »daß ich mich doppelt freue, zum ersten, weil ich zum Staatssekretär ernannt wurde, zum zweiten, weil ich überzeugt bin, daß Sie den Posten des Ministerialdirektors besetzen werden.«

Freudetrunken und von Hoffnung beschwingt, verließ Osman das Ministerium. Er überlegte, ob man ihn gleich als amtierenden Ministerialdirektor einsetzen oder erst die offizielle Beförderung abwarten würde. Er wartete und wartete, und jeder Tag, der verging, brachte ihm Folterqualen. Er litt vor sich hin, obwohl er wußte, daß der Minister ihn schätzte und Staatssekretär Bahgat Nur ihn als seinen speziellen Schützling empfand. Als er mit seiner Geduld am Ende war, suchte er Bahgat Nur auf. Der alte Staatssekretär begrüßte ihn überschwenglich und rief: »Als könnte ich in Ihren Gedanken lesen!«

Er wußte nicht, was er sagen sollte, und lächelte verwirrt.

»Aber Sie können meine Gedanken offensichtlich nicht lesen«, fuhr der Mann fort.

Etwas nachdenklich meinte Osman: »Nun ja, ich bin Ihnen für all das Gute, das Sie mir zuteil werden ließen, zu Dank verpflichtet, aber ...«

»Was Sie jetzt brauchen, ist ein wenig Geduld«, erwiderte der Staatssekretär lächelnd. »Nicht lange, und Sie werden Erfreuliches zu hören bekommen.«

Froh und dankbar ging Osman fort. Allerdings beschäftigte ihn die Frage, was jetzt noch Geduld notwendig machte. An sich sah alles gut aus, aber wirklich zuversichtlich war er nicht. So übte er sich in Geduld und litt Qualen. Es verging eine Woche, da bat der Staatssekretär ihn zu sich. Osman kam es vor, als sähe ihn der Mann etwas kühl und lau an. Sein Herz begann heftig zu klopfen.

»Möglicherweise fragen Sie sich, warum sich Ihre Beförderung verzögert?«

»So ist es, Exzellenz.«

»Nun gut. Sie wissen, was ich von Ihnen halte, und ich kann gleich noch hinzufügen, daß auch der Minister eine hohe Meinung von Ihnen hat ...«

»Das freut mich.«

Der Staatssekretär schwieg für einen Moment, beide sahen sich lange an.

»Was glauben Sie, was da läuft?«

Niedergeschlagen erwiderte Osman: »Ganz oben wird's Einwände geben.«

»Um ehrlich zu sein – es tobt eine Schlacht.«

»Und wie wird sie ausgehen, Exzellenz?«

»Ich denke schon, daß unser Minister sich nicht geschlagen geben wird.«

Mit trockener Kehle brachte er heraus: »Was meinen Exzellenz, wieviel Hoffnung ich mir noch machen kann?«

»Oh, viel! Setzen Sie all Ihr Vertrauen auf Gott, wie es sich für einen frommen Mann wie Sie geziemt.«

Sein Vertrauen in Gott war grenzenlos, aber seit jeher hatte auch der Teufel seine Hand im Spiel. Schon immer hatte er, Osman, Brücken überqueren müssen, die mit Nägeln gespickt waren.

Zu Hause angekommen, seufzte er: »Es gibt kaum noch Chancen.«

»Sei nicht traurig«, tröstete ihn Radija. »Die Beförderung ist nicht alles im Leben.«

Aber er war traurig, bis tief ins Herz reichte die Verzweiflung. Den anderen Kollegen war er um eine ganze Generation voraus; alle Träume wurden zu Staub. Radija schlug vor, am Wochenende einen Ausflug nach al-Kanatir zu machen. Er stimmte gerne zu und überließ sich ihrer Führung, als sie in den Parkanlagen spazierengingen. Diese Frau war das einzige Glück, das er im Leben hatte.

»Es ist eine alte Weisheit, daß man in der Natur seine Sorgen vergißt«, erklärte Radija. Sie lachte, setzte sich ins Gras und überließ sich mit Leib und Seele ihren Betrachtungen. Sie starrte auf das Wasser, das Grün und die kleinen, verstreuten Wölkchen, während er damit beschäftigt war, Radija verzückt und bewundernd anzusehen. Sie schwärmte von der Natur, und er stimmte höflich zu. Er ließ den Blick schweifen, konnte aber nichts entdecken, was ihn hätte fesseln oder verzaubern können. Es lag wohl daran, daß er sich schon immer in eine innere Welt versenkt hatte, konzentriert auf Gedanken und Phantasien, die ihm seine Instinkte eingaben. Ihm war es immer um Gott, seinen heiligen Ruhm auf Erden, den Kampf zwischen Gut und Böse gegangen; etwas anderes hatte er von der Welt nicht mitbekommen.

»Bestimmt liebst du auch die Natur.«

»Ich liebe dich, Radija.«

»Sieh nur, all die glücklichen Pärchen.«

»Wie viele es sind!«

Sie legte ihre Hand auf seine. »Laß uns alles Schlimme vergessen, es ist so schön hier.«

»O ja, vergessen wir's.«

»Aber du siehst traurig aus.«

Er seufzte.

»Du bist ein hoher Beamter, hast die erste Beförderungsstufe erreicht. Die meisten anderen wären glücklich, selbst wenn sie weniger geschafft hätten.«

Fast war er versucht, ihr zu sagen, daß sich wahrer Glaube und banales Glück widersprachen, aber er konnte es gerade noch unterdrücken. Statt dessen meinte er: »Ich bin nicht wie die anderen Beamten, und wenn man es verhindert, daß ich die Position einnehme, die ich verdiene, dann ist das nicht nur ein niederträchtiger Akt, sondern auch ein eklatanter Angriff auf die moralische Integrität des Staates.«

»Was das Ansehen von Beamten betrifft – übertreibst du da nicht?«

»Es ist nicht mehr und nicht weniger als eine Säule des Staates, und der Staat ist die Verkörperung von Gottes Odem auf Erden.«

Als er merkte, wie verblüfft sie ihn anstarrte, begriff er, daß sie weder um das Ausmaß noch um das Wesen seiner Gläubigkeit wußte.

»Das ist, zumindest für mich, ein neuer Gesichtspunkt. Meistens hört man doch, daß des Volkes Geist von Gott kommt.«

Verächtlich verzog er den Mund. »Erzähl mir bloß nichts von politischen Kämpfen ...«

»Aber sie machen das wirkliche Leben aus.«

»Ach was, ist alles nur verlogenes Geschrei.«

»Aber die Welt, in der wir leben ...«

Er war mit seiner Geduld am Ende. Ungehalten unterbrach er sie: »Die einzig wahre Welt existiert tief im Herzen.« Der Gedanke, daß sie ihn wie so mancher Idiot für verrückt halten könnte, wollte ihm schier das Herz abdrükken. Es schien ihm das beste zu sein, die Flucht nach vorne anzutreten und sie auf neue Gedanken zu bringen. »Hören wir auf zu streiten.«

Mit sanftem Lächeln deutete sie an, daß sie sich ihm fügte.

»Die Zeit ist gekommen, unsere Ehe öffentlich bekanntzugeben.«

Ihr Gesicht rötete sich. »Haben wir nichts mehr zu befürchten?«

»Will man des Glücks würdig sein, muß man sich dem Leben mutig stellen.«

»Du hättest mir nichts Schöneres sagen können.«

»Ich werde mit meiner Frau sprechen.«

Ihr strahlendes Lächeln warf einen Schein auf ihn und nahm seinem Gesicht die Trauer. »Eine heilige Kraft treibt mich an, das Leben neu zu beginnen und für rechtschaffene Nachkommen zu sorgen.«

37

Kaum hatte er in Gegenwart von Radijas Tante sein hehres Vorhaben wiederholt, sagte die Alte: »Zum ersten Mal scheinst du mir ein Mensch zu sein, obendrein noch ein vernünftiger.«

Er brach in schallendes Gelächter aus, und auch Radija konnte vor Lachen kaum an sich halten. Glucksend stöhnte er: »Ach, Tantchen, ohne dich wär das Leben nur halb so schön.« Ihr Lächeln sagte ihm, daß sie das gern hörte.

»Wir haben in al-Kanatir einen wunderbaren Tag verbracht, aber jetzt muß ich gehen.«

»Willst du noch heute abend mit deiner Frau reden?«

»Gut Ding hat Eile.« Er setzte sich in Gang, aber plötzlich blieb er stehen. Sein Gesicht verzerrte sich.

»Was hast du?« fragte Radija besorgt.

Er brachte kein Wort heraus, zeigte nur auf die Brust.

»Bist du müde? Komm, setz dich.«

Mit der Hand auf der Brust stammelte er mühsam: »Ein starker Schmerz ...«

Radija sprang zu ihm, um ihn zu stützen, da sank er ohnmächtig in den Sessel.

Als er wieder zu sich kam, stellte er als erstes fest, daß er angezogen im Bett lag; nur die Schuhe und Krawatte fehlten. Eine dritte Person bewegte sich im Zimmer, und trotz aller Schwäche war ihm auf Anhieb klar, daß ein Arzt gekommen war. Radija sah blaß und traurig aus, und auch die Tante machte einen besorgten Eindruck.

Der Arzt trat zu ihm und sah ihm prüfend in die Augen. »Wie fühlen Sie sich?«

Er fragte zurück: »Was ist passiert?«

»Ein kleiner Anfall, nichts Gefährliches ...«

»Aber ...«

»Aber es braucht seine Zeit, Sie müssen ruhen.«

»Wieso? Ich fühle, daß ich wieder völlig in Ordnung bin und aufstehen kann.«

Der Arzt winkte entschieden ab. »Wenn's so ist, muß ich Ihnen sagen, daß diese Sache kein Kinderspiel ist. Medizinisch gesehen, ist Ihr Zustand augenblicklich nicht gefährlich, aber wenn Sie nicht auf mich hören, kann sich das sehr schnell ändern. Sie brauchen absolute Ruhe, mindestens einen Monat lang.«

»Was?! Einen ganzen Monat?« rief er entsetzt.

»Und Sie müssen peinlich genau die Medikamente nehmen und die Diät befolgen, die ich Ihnen verordne. Diskutiert wird nicht. Morgen komme ich wieder.« Er packte seine Instrumente in einen kleinen Koffer, und beim Hinausgehen mahnte er: »Prägen Sie sich meine Worte ja ein!«

Wütend und verzweifelt sah ihm Osman hinterher. Radija stellte sich ans Bett und lächelte ermutigend. »Ein bißchen Geduld, und alles ist wieder gut.«

Als sie in seinen Augen Unruhe las, strich sie ihm zärtlich über die Stirn. »Mach dir keine Sorgen, belaste dich nicht.«

»Aber es ist viel zu tun ...«

»Ich werde mich im Ministerium um alles kümmern.«

»Wie willst du das machen?«

»Ich werde sagen müssen, was es mit uns auf sich hat. Es ist ja wohl keine Schande.«

»Eine unangenehme Situation.«

»Und deine Frau muß ich auch informieren.«

»Das ist noch schlimmer.«

»Wir müssen den Tatsachen in die Augen sehen, was immer es auch kostet.«

»Du mußt jedenfalls ruhen«, mischte sich die Tante ein.

Gewiß, und er mußte Widerstand leisten. Der Wille zu leben war da und weigerte sich zu verzweifeln und aufzugeben. Sollte kommen, was wollte. Am Ende stellte sich vielleicht doch noch alles als ein großer Spaß heraus. Er schloß die Augen und ließ das Knäuel der Ereignisse der Außenwelt sich verwirren, obwohl sich doch alles um ihn drehte.

Nicht lange, und die Kollegen eilten herbei, um ihn zu besuchen. Da es ihm untersagt war, Gäste zu empfangen, türmten sich stapelweise Karten und Briefe. Er las die gutgemeinten Wünsche und frommen Sprüche, und auf einmal fielen ihm Safan Basjuni und Hamza as-Suwaifi ein. Es waren keine guten Erinnerungen, die sich mit den beiden verknüpften. Wie mochte es Hamza as-Suwaifi gehen? Ob er noch lebte? Viele neue Beamte traten den Dienst an, vielleicht würden sie ihn nie kennenlernen? Über allem schwebten Wolken und verloren sich am Horizont. Erst jetzt verstand er den Sinn, der sich mit der Bewegung der Sonne verband.

Mal schloß er die Augen, mal öffnete er sie, und wann immer er aufschaute, sah er dicht am Bett Kadrija sitzen. Sie sah ihn unverwandt an, und in ihren Augen lag ein benommener, weicher, verhangener, verklärter Blick – wie der von durchscheinenden Wolken verhüllte Mond. Da wußte er, daß sie sich dem Himmelreich anvertraut hatte und es ihr keine Furcht mehr einjagte. Gleichzeitig schien sie von dort nützliche Ratschläge erhalten zu haben, denn mit befremdlicher Ruhe fragte sie: »Wie geht es dir?«

Er lächelte verwirrt. »Gut, ich danke dir.«

»Man sagt, daß es zu gefährlich wäre, dich in dein eigentliches Heim zu bringen«, sagte sie, und ihre Stimme klang, als grollte sie dem unbekannten Jenseits. »Es war mein Wunsch, bei dir zu wachen.«

»Hab Dank, Kadrija. Du warst immer so gut zu mir.«

»Ruh dich aus, bis Gott dich wieder sorgsam an die Hand nimmt.« Sie nickte bedächtig, und es sah fast weise aus; nie hatte sie ähnliches getan. »Dich trifft keine Schuld, ich verstehe dich. Du wolltest einen Sohn, und das ist dein gutes Recht. Möge Gott dir deinen Wunsch erfüllen.«

»Du bist ein guter Mensch, Kadrija.«

Sie flüchtete sich in Schweigen und glitt in ihre vom Duft des Paradieses erfüllte Welt hinüber. Er fühlte, daß eine große Ruhe über ihn kam. Das Geheimnis war gelüftet, alle lauernde Gefahr überwunden. Aber gerade diese Erleichterung ließ ihn begreifen, wie folgenschwer seine Erkrankung war. Bestand noch Hoffnung auf Beförderung? O ja, gewiß. Aber konnte er noch auf einen Sohn hoffen?

»Es gab nicht die geringste Vorwarnung«, klagte er, als Radija bei ihm war.

»Der Arzt hat sich nicht gewundert.«

»Jetzt weiß ich, was Verrat und plötzlicher Überfall bedeuten.«

»Das sind nur Wolken, die sich im Nu wieder verziehen.«

»Du tust mir unendlich leid.«

»Ich? Das einzige, was mich interessiert, ist, daß du gesund und glücklich bist.«

Zärtlich sah er sie an. »Nirgendwo findet sich Schutz.« Sie hielt den Kopf gesenkt, so daß er sich sorgte, sie wolle ihm ihre Tränen nicht zeigen. »Ich bin dir sehr dankbar. Du bist das einzige Licht in einer Welt, die ohne alle Logik ist und kein wahres Sein ermöglicht.«

»Denk doch lieber an die schönen Dinge, um deinetwillen und auch wegen mir.«

Er seufzte. »Ist Kadrija friedlich weggegangen?«

»Aber ja.«

»Mir kam es so vor, als hätte ich sie schimpfen und toben hören. Was gab's?«

»Es war nichts. Sie ist arm dran.«

»O ja. Kein Atemzug, bei dem man keinen Fehler macht.«

»Du mußt dich ausruhen.«

Sein Blick wurde weich. »Ob es uns beschieden ist, daß sich wenigstens eine unserer Hoffnungen erfüllt?«

»Wenn Gott es will ...«

Traurig sah er sie an. »In einem Moment, als ich sehr verzweifelt war, habe ich jeden Gedanken an Beförderung aufgegeben und nur noch von einem geträumt – von der Geburt eines Kindes.«

»Wunderbar, und das werden wir auch schaffen.«

»Ich danke dir, Liebste.«

»Komm du nur zur Ruhe, dann wird unser Glück wahr.«

»Aber ich frage mich, wie eine Hoffnung, die man für ewig während hielt, verlorengehen kann? Das würde ja bedeuten, daß der Untergang der Welt möglich wäre? Daß sie einfach so verschwindet?«

»Meinst du nicht, daß du dir das Philosophieren für später aufheben solltest?«

»Gut.«

»Möchtest du noch etwas vor dem Schlafen?«

Er lächelte. »O ja, ... den Sinn des Lebens erfahren.«

38

Endlich durfte er Besuch empfangen. Es kamen Kollegen, ihm unterstellte Mitarbeiter, Boten und Bürodiener. Man saß im Schlafzimmer, ließ sich Zeit, und es sah ganz danach aus, als stünde die vollständige Genesung unmittelbar bevor. Die Gespräche drehten sich um Gesundheit und Krankheit, wundersame Heilungen, Gottes Gnade, das Geschick der Ärzte, Neuigkeiten aus dem Ministerium und der Verwaltung, die Grußkarte vom Minister und die vom Staatssekretär.

»Warum kommt der Staatssekretär nicht persönlich?«

»Es heißt, daß er bis zum Hals in Arbeit steckt. Eine schwache Entschuldigung.«

»Ja und, kann man daraus etwas schließen?«

Aber schon war das nächste Thema dran, allgemeine Probleme wurden diskutiert – das unlängst gesendete Konzert im Radio, die Preise, der Generationskonflikt und so weiter.

Osman nahm an den Gesprächen so gut er konnte teil, aber meistens hörte er nur zu. Was sollte er auch anderes tun, wenn über Politik geredet wurde. Wieder einmal ging es um soziale Unruhen, und in seinen Ohren gellten Schlagwörter wie Freiheit, Demokratie, das Volk, die werktätigen Massen, revolutionäre Ideologien, eindeutige Anzeichen für bevorstehende Umwälzungen. Ihm schoß bei alledem durch den Kopf, ob es nicht reichte, daß der einzelne schon an den eigenen Hoffnungen zerbrach? Diese Schwätzer glaubten tatsächlich, daß die Hoffnungen des Individuums unmittelbar mit revolutionären Visionen verbunden seien. Na gut, wenn's denn so war – welche Revolution garantierte ihm also Genesung, Nachkommenschaft und die Erfüllung von Gottes Wort im Heiligtum Staat?

Mit keinem Laut deutete er an, was er dachte; niemandem vertraute er seine geheimen Überlegungen an. Was waren diese Leute schon anderes als erbärmliche Herdentiere, die auf den Weiden des Elends grasten. Bauten ihre Hoffnungen auf Träumen auf, nur weil sie selbst zu schwach waren, ihr Glaube erschüttert war und sie nicht wußten, daß das Alleinsein einer frommen Handlung gleichkam.

Er fühlte wohlige Wärme, und da er sie als Zeichen baldiger Genesung nahm, wollte er ausprobieren, wie es um seine Kräfte bestellt war. Die Gelegenheit war günstig, außer ihm befand sich niemand im Zimmer. Behutsam schob er sich an die Kante des Betts heran und ließ vorsichtig die Beine hinunter, bis seine Füße den Boden berührten. »Im Vertrauen auf Gott ...«, murmelte er.

Er stand, angelehnt ans Bett, und kaum war er sich seiner selbst sicherer geworden, setzte er, behutsam wie ein

Kind, das sich zum ersten Mal allein fortbewegte, einen Fuß vor den anderen. Vor lauter Schwäche und wegen der langen Bettlägerigkeit wollten ihn die Füße kaum tragen. Er kam zur Tür, öffnete sie und schleppte sich langsam zum Wohnzimmer hin, um Radija und ihrer Tante eine freudige Überraschung zu machen. Beim Näherkommen hörte er Stimmen, die beiden Frauen redeten heftig miteinander.

»Wer? Wer?« fragte Radija scharf.

»Es ist alles deine Schuld! Oft genug hab' ich's dir gesagt.«

»Was nützt es jetzt?«

»Das hat man davon, wenn man zuviel will und sich verschätzt.«

»Schrei noch lauter, damit er dich hört!«

Es setzte Schweigen ein. Verstört wankte er ins Bett zurück. Über wen sprachen sie? Woran war Radija schuld? Wieso hatte sie zuviel gewollt und sich verschätzt? Er schloß die Augen, biß sich auf die Lippen. O Gott, was bedeutete das? Sollte es wahr sein, daß ...? Warum nicht? Hatte er nicht auch zu hoch gepokert und verloren? Vor lauter Enttäuschung wurde ihm schwindlig. Was für ein Dummkopf er gewesen war!

Er erlitt einen Rückfall, und die neuerliche Krise schien ihn fast dahinzuraffen. Tagelang schwebte er zwischen Leben und Tod, aber obwohl er sich sagte, daß Kämpfen zwar gut, aber die Schlacht dennoch verloren war, schien er entschlossen zu sein, am Leben festzuhalten. »Gottes Wille soll geschehen«, flüsterte er.

Schließlich hieß es, daß er zwar die gefährlichste Phase hinter sich gebracht hatte, aber nicht abzusehen war, wann er wieder aufstehen konnte. Er hütete das Geheimnis, gelauscht zu haben, sprach zu niemandem davon.

Wenn Radija ans Bett trat, schloß er die Augen. Er fühlte keinen Haß, zürnte ihr nicht. Das steht mir nicht an, sagte er sich, oder ich müßte mich selbst auch hassen. Sollte es mir vergönnt sein, eines Tages Vater zu werden, werde ich nicht zögern und das Spiel zu Ende bringen. Alles hat seine lichten und seine dunklen Seiten. Er seufzte. Was für ein Dummkopf er war! So also sah das Ende aus. Nein, wütend war er nicht, aber er hatte alles Vertrauen verloren.

Eines Abends kam Radija mit strahlendem Gesicht ins Zimmer. »Der Staatssekretär ist zu Besuch gekommen!«

Gesetzt und würdig wie immer, trat Herr Bahgat Nur ein. Er schüttelte Osman die Hand, setzte sich und sagte: »Mögen Sie schnell wieder zu Kräften kommen.«

Osman war tief bewegt. »Daß Sie mir eine solche Ehre zuteil werden lassen, Exzellenz ...«

»Sie haben es verdient. Keiner kann vergessen, was Sie geleistet haben.«

Vor dankbarer Rührung schossen Osman die Tränen in die Augen.

»Sie fehlen uns, niemand kann Sie ersetzen.«

»Ihre Güte spricht aus Ihnen, Exzellenz, denn ich habe doch nur ...«

»Nicht lange, und Sie werden gesund und munter zurückkehren. Wir warten schon auf Sie. Ich habe Ihnen eine gute Nachricht zu überbringen.«

Der Staatssekretär lächelte, und Osman schaute ihn verwirrt an.

»Heute ist der Beschluß ergangen, Sie zum Ministerialdirektor zu befördern.«

Noch immer starrte Osman ihn an, diesmal etwas einfältig.

»Es hat gedauert«, fuhr Herr Bahgat Nur fort, »aber letztendlich haben Recht und Gerechtigkeit gesiegt.«

»Das alles«, stammelte Osman, »verdanke ich nur Ihrer Güte und Huld.«

»Ich bitte Sie! Der Herr Minister hat mich beauftragt, Sie zu grüßen und Ihnen schnelle Genesung zu wünschen.«

»Oh, richten Sie Seiner Exzellenz meinen Dank aus.«

Als Herr Bahgat Nur gegangen war, kam sich Osman vor lauter Glück wie im Paradies vor. Es war, als hätte ihm die Gnade des Unsichtbaren einen Botschafter gesendet. Radija und die Tante eilten herbei, um ihm zu gratulieren – er hielt die Augen geschlossen. Wieder beherrschte ihn das Gefühl, kein Vertrauen mehr aufbringen zu können. Auch als Radija jubelte: »Ach, wie glücklich ich bin!«, blieb er unbeeindruckt.

In aller Ruhe kostete er den Sieg genüßlich aus: Ministerialdirektor, Herr des Blauen Zimmers, maßgebliche Instanz für Rechtsentscheide und Direktiven, Inspirator kluger Anleitungen für weises Administrieren und Verwirklichen der Interessen der Menschen, Diener Gottes, befähigt, das Gute zu tun und das Böse zu verhindern. Leise sprach er: »Dein Wohlgefallen, o Herr, wird sich an dem Tag vollenden, an dem ich darangehen kann, meine Macht auszuüben und dein Ansehen auf Erden zu fördern.«

Aber da war der Arzt, und der sagte: »Mich interessiert Ihre Gesundheit und nicht Ihr Amt.« Er blieb unerbittlich und hart; stimmte seine Einschätzung, würde die Beförderung eine reine Formsache bleiben.

Er wehrte sich. »Gesundheit allein macht den wahren Gläubigen nicht glücklich.«

»Solchen Unsinn habe ich noch nie gehört«, erwiderte der Arzt.

»Möglicherweise wird meine Krankschreibung, wenn sie zu lange dauert, gleich in eine Pensionierung umgewandelt!«

»Da kann man nichts machen, das ist Schicksal.«

Niedergeschlagen überlegte er, ob man ihm vielleicht die Beförderung aus Mitleid geschenkt hatte, wohl wissend, daß die Stelle frei bliebe.

Er rief Radija. »Ich will dir nicht länger eine Last sein.«

Sie fragte bestürzt: »Was meinst du?«

»Einen Kranken zu pflegen ist eine schwere Aufgabe.«

Um ihn schweigen zu heißen, verschloß sie ihm mit den Fingern den Mund. Er schob sie weg. »Ich werde mich auf die Station meines Arztes bringen lassen.«

Sie protestierte, aber er bestand auf seiner Absicht. Der Arzt stimmte zu, und er bezog ein Einbettzimmer. Abgesehen von gelegentlichen Besuchern, war er wieder zur Einsamkeit früherer Zeiten zurückgekehrt.

Die Tage nahmen ihren endlosen Lauf; sein Kontakt zur Außenwelt war fast gänzlich erloschen. Selbst Kadrija kam nicht mehr zu Besuch, sie war zu krank und hinfällig. Ergeben schickte er sich in sein Schicksal, kümmerte sich weder um das Einst noch um das Jetzt und das Kommende. Die Zeit, die Radija an seinem Bett verbrachte, ertrug er mit großem Unbehagen, aber er behielt seinen Kummer für sich, glaubte sogar, ihn verdient zu haben. Woran er unerschütterlich festhielt, waren seine geheiligten Prinzipien, die Heiligsprechung der Härte des Lebens, des Kampfes und der Qualen und der Glaube an eine ferne, erhabene Hoffnung. Mochte es bisweilen Mißerfolge geben – das Vertrauen, ans Ziel zu gelangen, blieb, ließ sich weder durch Krankheit noch Tod verdrängen. Solange man beharrlich des Lebens edlem Sinn nachspürte, solange gab es ihn.

Er haßte die seelenlos dahingesprochenen Worte, mit denen man ihn ermutigen wollte. Schon längst schickte er sich in den Gedanken, daß die Übernahme des neuen Amts ein Traum bleiben würde, und die Hoffnung, Nachkommen zu haben, würde auch ein Traum bleiben. Aber konnte man wissen, was kam?

Was ihm tief in die Seele schnitt, war der Gedanke, daß auch ohne ihn alles wie gewohnt weitergehen würde – Einstellungen, Beförderungen, Pensionierungen, Liebe, Heirat, Scheidung, politische Kämpfe und hitzige Losungen, Tag und Nacht.

Von der Straße stiegen Rufe auf, die Händler warnten vor dem nahenden Winter. Was für ein glücklicher Zufall, daß er das neue Grab bei strahlender Sonne hatte erleben dürfen.

Anmerkungen

Abaja – mantelartiger Überwurf aus Wolle.

Chamasinwind – (auch: Chamsin oder Kamsin, arab. »fünfzig«) trockener, heißer, aus S oder SO wehender Wüstenwind; tritt besonders in den 50 Tagen nach der Frühlings-Tagundnachtgleiche auf.

Fatiha – die »Eröffnende«, die erste Sure des Korans; sie ist das am häufigsten gesprochene islamische Gebet.

Ful – gekochte Saubohnen in Öl.

Galabija – volkstümliches Gewand für Männer und Jungen; hat die Form eines langen, weiten Hemds.

Gilbab – weites, hemdartiges Obergewand.

Großer Krieg – gemeint ist der Zweite Weltkrieg.

Hasballah – bekannter Dudelsackmusiker, Chef einer Wandertruppe.

die rechtgeleiteten Kalifen – das sind die ersten vier Kalifen nach dem Propheten Mohammed: Abu Bakr, Umar, Uthman, Ali.

Khedive Ismail – sogen. Vize-König, regierte Ägypten von 1863 bis 1879; mit seinem Namen sind Bau und Eröffnung des Suez-Kanals verbunden, aber auch Staatsbankrott und Finanzkontrolle durch England und Frankreich.

Kirsch – Münzeinheit; entspricht »großem« oder »kleinem« Piaster.

Kuschari – Gericht aus gekochten Linsen und Reis, mit Zwiebeln und Öl.

al-Ma'arri – vollst. Name Abu l-Ala al-Ma'arri, 973–1057, berühmter syrischer Dichter-Philosoph. Skeptizist mit ironisierender Grundhaltung.

Milaja – Schwarzer Umhang für Frauen.

Millim – kleinste Münzeinheit.

Omar Chajjam – iranischer Gelehrter und Dichter, 1021 (oder 1022) bis 1122. Berühmt sind seine »Vierzeiler«, in denen er sich als Anti-Dogmatiker und Lebensgenießer zeigt.

Piaster – Münzeinheit; 100 Piaster gleich 1 Pfund.

Samadija – die 112. Sure des Korans; das Bekenntnis zur Einheit Gottes.

Tamija – Bohnenpastetchen mit Zwiebeln, Knoblauch und Petersilie.

Thron-Vers – Vers 256 der 2. Sure des Korans; gilt als besonders segensreich, wird häufig als Gebet gesprochen.

Johann Wolfgang von Goethe
Die Leiden des jungen Werther
ISBN 3-598-80004-5

Noah Gordon
Der Rabbi
ISBN 3-598-80028-2

Günter Grass
Im Krebsgang
ISBN 3-598-80055-X

Brüder Grimm
Die schönsten Märchen
der Brüder Grimm
ISBN 3-598-80005-3

John Grisham
Der Verrat
ISBN 3-598-80006-1

Sebastian Haffner
Geschichte eines Deutschen
ISBN 3-598-80033-9

Hugo Hartung
Wir Wunderkinder
ISBN 3-598-80045-2

Manfred Hausmann
Abel mit der Mundharmonika
ISBN 3-598-80036-3

Elke Heidenreich
Der Welt den Rücken
ISBN 3-598-80007-X

Elke Heidenreich
Kolonien der Liebe
ISBN 3-598-80060-6

Elke Heidenreich/
Bernd Schroeder
Rudernde Hunde
ISBN 3-598-80072-X

Ernest Hemingway
Der alte Mann und das Meer
ISBN 3-598-80008-8

E.T.A. Hoffmann
Das Fräulein von Scuderi
ISBN 3-598-80062-2

Franz Kafka
Der Prozess
ISBN 3-598-80009-6

Gottfried Keller
Seldwyler Geschichten
ISBN 3-598-80010-X

Imre Kertész
Kaddisch für ein nicht
geborenes Kind
ISBN 3-598-80061-4

Bodo Kirchhoff
Schundroman
ISBN 3-598-80044-4

Nobel-Preisträger, Unterhaltung, Klassiker, Märchen und Spannendes:

Heinrich von Kleist
Michael Kohlhaas
ISBN 3-598-80011-8

Hildegard Knef
Der geschenkte Gaul
ISBN 3-598-80012-6

Heinz G. Konsalik
Das Mädchen und der Zauberer
ISBN 3-598-80030-4

Irina Korschunow
Das Luftkind
ISBN 3-598-80052-5

Christian Graf von Krockow
Begegnung mit Ostpreußen
ISBN 3-598-80046-0

John Le Carré
Der Spion, der aus der Kälte kam
ISBN 3-598-80002-9

Stanislaw Jerzy Lec
Alle unfrisierten Gedanken
ISBN 3-598-80013-4

Siegfried Lenz
So zärtlich war Suleyken
ISBN 3-598-80014-2

Charlotte Link
Der Verehrer
ISBN 3-598-80015-0

Konrad Lorenz
So kam der Mensch auf den Hund
ISBN 3-598-80016-9

Nagib Machfus
Ehrenwerter Herr
ISBN 3-598-80070-3

Franca Magnani
Wer sich erinnert, lebt zweimal
ISBN 3-598-80071-1

Henning Mankell
Mörder ohne Gesicht
ISBN 3-598-80017-7

Henning Mankell
Hunde von Riga
ISBN 3-598-80049-5

Henning Mankell
Der Mann, der lächelte
ISBN 3-598-80067-3

Thomas Mann
Der Tod in Venedig
ISBN 3-598-80031-2

Sten Nadolny
Die Entdeckung der Langsamkeit
ISBN 3-598-80018-5

Håkan Nesser
Das falsche Urteil
ISBN 3-598-80054-1

Thomas Niermann/
Christos Yiannopoulos
Held der Arbeit
ISBN 3-598-80043-6

Lilli Palmer
Dicke Lilli - gutes Kind
ISBN 3-598-80029-0

Marcel Reich-Ranicki
Mein Leben
ISBN 3-598-80019-3

Erich Maria Remarque
Im Westen nichts Neues
ISBN 3-598-80038-X

Ruth Rendell
Die Besucherin
ISBN 3-598-80020-7

Rainer Maria Rilke
Die Aufzeichnungen des Malte
Laurids Brigge
ISBN 3-598-80021-5

Herbert Rosendorfer
Briefe in die chinesische
Vergangenheit
ISBN 3-598-80040-1

Eugen Roth
Ein Mensch und mehr
ISBN 3-598-80022-3

Philip Roth
Mein Leben als Sohn
ISBN 3-598-80023-1